수화가
꽃피는 마을

Ecoute mon coeur
by Janine Teisson

청각장애인 푸르네 가족과 어느 특별한 마을 이야기

# 수화가 꽃피는 마을

자닌 테송 지음 | 정혜용 옮김

한울림스페셜

로랑스가 나를 청각장애인들의 세계로 이끌어 주었다.

능란하게, 열정적으로, 유머를 잃지 않고.

로랑스가 아니었다면 이 책을 쓸 수 없었으리라.

그녀는 내게 대모나 다름없다.

나의 대모에게 온 마음을 다하여 고맙다는 말을 전한다.

그리고 엘렌과 리샤르에게도.

내가 왜 청각장애인들에게 집을 팔았을까? 그 거야, 아내가 세상을 뜬 뒤로 집을 팔려고 애를 쓰고 있었으니까. 3년 동안이나 말이다. 집을 보러 온 사람들은 매번 너무 시끄럽다고 했다. 바로 근처에 깔아 놓은 그 엉터리 같은 고속도로 때문이었다.

하루는 어떤 부인이 집을 둘러보고 나서 이렇게 말했다. "집 말이에요, 정말 예쁘고 비싸지도 않아요. 하지만 이렇게 시끄러워서야 절대로 파실 수 없을 거예요. 아님 귀머거리들에게 파시든가." 그 말을 듣자 퍼뜩 어떤 생각이 떠올랐다. 나는 몽펠리에에 있는 청각장애인 학교로 전화를 걸었다. 한때, 병원에 입원한 아내 쥘리에트를 보러 가기 위해서 매일 그 학교 앞을 지나다녔다. 나는 교장에게 내 문제를 이야기했고, 모든 일은 그렇게 시작되었다.

일주일 뒤 한 가족이 집으로 찾아왔다. 그 집 아이는 좋다고 펄쩍펄쩍 뛰었다. 그 집 사람들은 말을 하는 게 아니라 그저 소리를 지를 뿐이었지만, 내 집의 모든 점에 대해 마음에 들어 한다는 걸 금방 알 수 있었다. 자그마한 푸르른 떡갈나무 숲도, 평온하게 흘러 내려가는 비두를르(Vidourle) 강¹⁾도, 소들이 흩어져 있는 목초지도, 무화과나무도, 올리브나무도, 전부 다!

아이 아버지가 휴대용 메모판에 글을 적었다.

"이 집에 관심 있습니다. 내일 통역을 데리고 다시 와서 이야기를 나눌 수 있을까요?"

나는 메모판 옆에 달린 필기구를 집어 들어 답했다.

"예."

아이 아버지가 다시 덧붙였다.

"내일 오후 3시?"

---

1) 세벤 산맥의 북서쪽에서 발원하여 남동쪽으로 흐르는 프랑스 남부에 있는 강. 이 소설의 배경인 소미에르 지역을 지나 지중해로 흘러든다.

내가 다시 답했다.

"좋습니다."

그들은 다시 한 번 집과 정원과 주위 들판을 돌아보았다. 그 집의 젊은 부인은 위층 방에서 내다보이는 풍경을 아주 마음에 들어 했다. 강가의 커다란 나무들, 멈춰 선 듯 보이는 강물, 가끔씩 강물 위를 스쳐 날아가는 어치와 또 다른 새들. 집은 제법 높은 지대 위에 자리 잡고 있었다. 이 고장이 평평한 지형이라는 점을 감안한다면 말이다.

나의 조상들이 1776년에 지은 이 집에서 나와 아내 쥘리에트는 행복한 세월을 보냈다. 하지만 나 홀로 되니, 이젠 너무 쓸쓸하고 너무 커다란 집이 되어 버렸다. 게다가 관리가 어려울 뿐 아니라 마을에서 좀 멀기도 하다. 나는 마을 빵집의 이층에 신식 아파트를 하나 갖고 있는데, 차라리 그곳에서 사는 게 낫겠다 싶었다.

그 청각장애인 가족은 다음날 통역을 데리고 다시 나타났다. 통역은 로랑스라는 이름의 어여쁜 금발머리 아가씨였고, 우리는 두 시간이 넘게 이야기를 나누었다. 로랑스가 내게는 그들의 '손말'을 통역해 주었고 그들에게는 나의 '입말'을 전했다. 그러고 있자니 기분이 야릇해졌다.

아이 아버지가 먼저 '말을 하기' 시작했다. '손말을 하기' 시작했다고 해야겠지만, 거기까지 생각이 미치지 못했다. 그는 내게 여러 가지 질문을 했다. 두 손이 춤을 추고, 팔랑거리는가 하면, 허공을 긁고 툭툭 치다가는, 얼굴 앞을 지나가고, 갈비뼈 근처를, 바로 거기, 그러니까 허리 바로 위를 두드렸다.

저 사람 지금 무슨 말을 하고 있는 거지?

번역가, 아, 참, 저 사람들은 통역사라고 하더군. 영화에서 쓰는 말로 하자면 '보이스 오버'[2] 상태에서, 통역사는 그 춤을, 격렬함과 힘이 넘쳐 나다가 순식간에 부드러워지는 동작들의 의미를 통역해 주고, 우리 '듣는 사람들'이라면 찡그린, 화난, 혹은 우스꽝스러운 얼굴이라고 말했을 그 시시각각 변하는 얼굴이 무엇을 뜻하는지 통역해 주었다.

저 동작들은 대체 뭘 뜻하는 걸까?

---

2) 화면 밖 목소리. 영화 용어로, 보이지 않는 사람이 영화의 해설이나 주석, 주관적인 생각을 이야기하는 것을 말한다.

내 귀에는 더 이상 통역사의 말이 들어오지 않았다. 아이 아버지의 무언극에 넋이 빠져 있었으니까. 그 때문에 통역을 되풀이해 달라고 해야만 했다. 가끔씩 아이 엄마도, 정확한 표현인지는 모르겠지만, 자기 의견을 말했다. 또한 사내아이가 아버지의 팔을 건드린 다음 아주 재빠르게 '손말'을 하면, 세 식구가 웃음을 터뜨리곤 했다. 만일 통역이 없었더라면 때로는 웃음 짓고 때로는 진지했던 이 세 사람의 손짓, 이 손놀림들이 아무런 보람도 없이 그저 침묵과 무지 속에서 춤을 췄을 것이다. 나의 무지 속에서. 그리고 그들에게 내 목소리는 아무런 쓸모가 없었다. 이런 깨달음은 나에게 엄청난 충격을 주었다.

'지금 여기서는 누가 장애인이지? 바로 나로군!'

나는 내가 정상이 아닌 것처럼 느껴졌다. 아주 묘한 느낌이었다.

통역사에게 물었더니, 프랑스에만 모두 50만 명의 청각장애인들이 있다고 알려 주었다. 그리고 중증의 청각장애를 지닌 사람들 중에서 소리 내어 말할 수 있게 되는 경우는 거의 없다고 했다. 아니 그렇다면, 내 쪽에서 그들의 언어를 배우면 되지 않았을까? 내 확신하건데, 어렸을 때라면 손과 입과 눈, 그리고 온몸을 이용해 격렬하게 춤을 췄을 것이다. 어른들이 내게 "입 좀 다물어라!" 하고 말한 것이 어디 한두 번이었던가! 아이들은 모두 기꺼이 비밀과 장난기로 가득하고, 팔랑이다 순식간에 사라져 버리는 이 언어의 세계로 들어갈 것이다. 아이들이란 지금 이 순간 속에 푹 빠져들게 마련이니까.

나는 집으로 돌아가는 내내, 방금 겪은 일들과 상상도 못했던 방식으로 이루어진 그 가족과의 대화에 대해 생각하고 또 생각했다. 통역을 맡았던 젊은 여성 로랑스는 자기 가족 가운데 들을 수 있는 사람이 자기 혼자뿐이어서 어릴 때부터 수화를 배웠다고 말했다. 로랑스는 청각장애인들이 도처에서, 특히 행정관청, 병원, 직장, 가게에서 얼마나 의사소통에 어려움을 겪는지에 대해 이야기해 주었다.

"뭔가 정확하게 처리해야 하는 일일 경우엔 꼭 통역이 따라붙어야 해요. 그러니 만약에 청각장애인이 사고를 당해서 구급차에라도 실려 가게 될 경우, '난 심장병이

있어요. 이 전화번호로 제 아내에게 연락을 해 주세요.'
라는 말을 하려면 어떻게 해야 할까요?"

심장병? 이렇게 난감할 때가 있나. 평소에 심장이 좋
지 않아 먹고 있던 알약에 손이 갔다. 이렇게 계속 신경
이 곤두선다면 곧 이 약이 필요하겠다는 생각이 들었다.
나는 언덕을 오르는 동안, 이 모든 일에 대해 생각해 보
고 또 생각해 보았다.

"학생 시절 몇 년씩이나 들여서 영어를 배웠지만 내
평생 외국인을 만나서 영어를 써야 했던 경우는 고작 두
세 번뿐이었잖아! 아마 공무원들 거의가 '안녕하십니까.',
'무슨 일로 오셨지요?', '이 서식을 작성해 주십시오.'
정도의 말은 영어로 할 줄 알겠지만, 수화는 모른단 말이
지! 요전 날 지네트가 동물 언어 백과사전을 내게 보여
준 적이 있지. 세상에! 간단한 그림까지 곁들여서, 온갖
것이 다 있더군! 개나 모르모트의 언어, 그런 것까지 배
우려는 사람들이 있다는 소리 아니야. 하지만 인간의 언
어, 그것엔 관심이 없단 말인가? 됐어, 이제 그만하자.
알약 한 알 먹어야겠군."

나는 그 뒤로도 여러 날을 이 만남에 대해 곱씹었다. 정원에 서서 자기가 하려는 말을 손으로 열심히 그리던 아이 아버지의 모습과, 다른 세 사람은 열심히 쳐다보는데 보나 마나 얼빠진 표정으로 서 있었을 나의 모습이 떠올랐다. 아이 아버지는 가끔씩 지나치게 빨랐던 자신의 동작에 대해 젊은 통역에게 사과를 한 후, 다시 주의를 집중하여 손을 움직이곤 했다.

난 이 이야기를 모리스에게 전부 들려줬다. 모리스는 내 친구인데, 마을 사람들은 '롱프퀴 가(街)의 시인'이라고 부른다.

모리스는 한참을 생각에 잠겨 있다가 오랫동안 턱을 긁적거리더니 입을 열었다.

"이보게, 폴루. 자네가 외계인을 만났어도 그렇게 큰 충격을 받지는 않았겠네그려!"

"이 나이가 되어서야 청각장애인들이 있다는 걸 발견했으니 얼마나 멍청한가. 그 사람들은 예전부터 늘 있어 왔는데 말이야! 어쩌면 몰라도 그렇게 모를 수 있었을까?"

"그렇지."

모리스가 대답했다.

"무지에 있어서 제일 나쁜 것, 그건 자신이 모른다는 사실조차 모르는 거야."

모리스, 그는 나를 웃게 만드는 재주가 있다. 그가 진지하게 말할 때는 특히나 말이다.

# 1866년 4월 12일

파리, 생자크 청각장애아 국립학교

**학부형님께**

장이 저희 학교에서 생활한 지도 벌써 3개월이 지났기에, 장에 관한 소식을 전해 드립니다. 장은 곧 제 도움 없이도 편지를 쓰게 될 것 같습니다. 어찌나 빠르게 발전하는지 교사들 모두, 특히 모렐 교장 선생님께서 무척 놀라워하고 있습니다.

저는 무엇보다도 부모님께서 선의와 인내로 장을 키우신 것에 대하여 찬사를 보내는 바입니다. 장은 이제 겨우 여덟 살이지만 이곳에 도착할 때 이미 50개가 넘는 단어를 쓸 줄 알고 있었습니다. 그 정도로 심각한 청각장애를 겪으면서 그만한 수준에 도달할 수 있는 경우는, 자신만을 돌봐 주는 가정교사가 딸린 귀족 집안의 아이 정도지요. 아드님의 이야기를 들어 보니 따님이 가정교사 노릇을 했더군요. 말이 지능을 나타내는 유일한 징표가 아니라는 것을, 우리의 사고를 말을 통하지 않고 바

16

로 글로 나타낼 수 있다는 것을, 그리고 우리의 몸짓 언어로 모든 생각을, 심지어 신에 관한 생각까지도 표현할 수 있다는 것을 이해한 따님께 감사와 찬사를 돌리고 싶습니다.

만약 귀하의 따님 마리에트가 어떻게 동생의 지능을 계발했는지, 장에게 그토록 풍부한 지식을 불어넣기 위하여 어떤 방식을 택했는지 설명해 주신다면 저희로서는 정말로 고맙겠습니다. 점점 더 나이가 어린 학생들이 학교에 들어오고 있기 때문에, 그렇게 어린 학생들을 교육시키자면 다른 방법을 계발해야만 한다는 사실을 깨닫는 중이니까요. 저 역시 청각장애인이기 때문에, 방법이 확실하면 학생들의 발전도 훨씬 더 빨라질 수 있다는 것을 잘 알고 있습니다.

다음은 아드님이 보내는 편지입니다.


**엄마, 아빠, 그리고 누나**

학교에서 보낸 처음 몇 달은 힘들었어요. 두꺼운 회색 벽에 둘러싸인 차가운 기숙사에서 50명이나 되는 아이들과 함께 잠을 자며, 집에서 그렇게 맛있게 먹었던 것과 비교하면 한숨만 나오는 음식을 하루에 두 번씩 먹으면서 어려움을 겪다 보니, 엄마와 아빠가 얼마나 저를 귀하게 키우셨는지 알 수 있게 됐지요.

다행히도 선생님들께서는 아주 인내심이 많으세요. 이분들은 자신들이 갖고 있는 지식을 글과 동작을 통해 우리에게 전달하는 방법을 너무나 잘 알고 계시지요. 제 지성과 감성 모두가 부쩍 자라나는 것이 느껴집니다. 때로, 하루 동안에 그토록 많은 것을 배우면, 제 머리는 마치 어두침침한 마구간에서 풀려나 파란 하늘 아래를 질주하는 말처럼 기뻐서 날뛴답니다. 제 담임이신 샤수 선생님께서 다음번 편지부터는 저 혼자서도 쓸 수 있을 거라고 하시네요.

그리고 마리에트 누나가 따뜻한 윗도리를 하나 지어 보내 주면 너무나 고맙겠어요. 하도 덜덜 떨려서 일요일 산책을 할 수 없어서요. 짙은 남색이어야 합니다. 그리고 아몬드 과자를 보내 주셔서 엄마에게 감사드려요. 아쉽게도 저는 세 개밖에 먹지를 못했어요. 친구들하고 나눠 먹어야 하니까요. 그리고 아빠, 제가 키우던 강아지 푸푸 소식 좀 전해 주세요.

엄마, 아빠, 누나, 진심으로 사랑해요. 하느님께서 우리 가족 모두의 건강을 지켜 주시기를.

\* 빅토르 샤수 교사가 1학년 학생 장 페르를 위해 대신 씁니다.

나는 이제 거의 매일 비두를르 강가를 산책한다. 그 길에 청각장애인 가족이 사는 집에 들러 인사를 한다. 나는 "안녕하세요, 어떻게 지내세요?"라는 인사말에 해당하는 수화를 배웠다. 이제는 그들의 몸짓, 얼굴의 찡그림이 익숙하다. 그들이 무슨 말을 하는지 이해는 못하지만 그래도 괜찮다. 우리는 서로 미소를 주고받는다.

처음으로 그 집에 들렀을 때 일이다. 초인종을 대여섯 번 눌렀는데도 초인종 소리가 나지 않는 거였다. 잠시 후 앙투안이 나와서 문을 열어 주었고, 앙투안의 아버지가 내게 불빛이 들어오는 초인종을 보여 주었다. 그 빛은 동시에 여러 방에 들어온다. 그것 참, 머리 한 번 아주 잘 썼네! 나는 그

때서야, 우리에게 소리로 표현되는 것 모두가 그들에게는 눈에 보이는 무언가로 바뀌어야 한다는 것을 깨달았다. 그 가장 좋은 예는 전화다. 벨 소리는 물론 없다. 벨 소리는 번쩍이는 화살표로 바뀐다. 앙투안의 엄마는 방마다, 심지어는 화장실에서도 화살표가 번쩍거린다고 웃으면서 보여 주었다.

나는 앙투안을 데리고 카마르그(Camargue)[3) 지방의 명물인 말과 소를 보러 갔다. 이 경우에도 앙투안네 가족들이 듣지 못해서 편리한 점이 있다. 저녁이면 소들이 음매거리기 시작하는데, 이 소리를 한 번도 들어 본 적이 없는 사람이라면 머리털이 곤두서기 마련이니까. 사실 그 집 식구들은 코앞의 목초지에서 살아가는 마소들과 함께 지내고 있는 셈인데 그들이 내는 (모리스의 말을 빌리자면) 선사시대의 합창 소리가 울려 퍼지는 가운데 평온한 일상을 이어 가고 있다.

---

3) 론강 하구 삼각주에 위치한 프랑스 남부의 습지대. 약 1만 명 정도의 주민이 살고 있으며 흰 말과 검은 황소로 유명하다

우리 둘이 처음으로 황소 떼에게 마른 빵을 갖다 주러 갔을 때였다. 리라 모양의 아름다운 뿔을 지닌 소들이 검은 몸에 석양을 받아 붉은 황금빛으로 둘러싸인 채 다가오자, 앙투안은 온몸이 굳어 버린 듯했다. 겁이 나서 그런 건 아니었고 아주 강렬한 무엇인가를 느끼고 있는 듯했다. 그게 무엇이었을까? 어찌 알겠는가, 아이는 말을 할 수가 없는데…….

앙투안이 연필과 종이를 갖고 왔다. 황소 떼를 그리는데 아주 제법이다!

아이는 내게 '황소', '풀', 그리고 '강'의 수화를 가르쳐 주었다. 내가 집으로 돌아오는 길에, 배운 수화를 복습하기 위해 혼자서 손가락으로 뿔을 만들어서 머리에 갖다 대거나, 강물의 흐름을 흉내 내기 위해 갈지자로 걷고 있으니, 마침 자전거를 타고 지나가던 클레망 바뇰이 내게 '너 미쳤구나.' 하는 손짓을 해 댔다.

어제 앙투안이 초록빛 바탕에 검은 소가 서 있고, 그 뒤로 나지막한 울타리가 보이는 풍경을 그린 그림을 내게 주었다. 얼마나 아름답던지! 나는 그 그림을 부엌 찬장에 붙여 뒀다. 내가 감격한 건, 아이가 그림을 잘 그렸기 때문만은 아니었다. 아이는 야생 짐승 무리의 아름다움을, 목초지의 고요를, 그곳에서 풍기는 예스런 느낌을 온전히 잡아냈다. 그림 안에 모든 것이 다 들어 있었다. 그림을 보고 있으면 그림 안으로 그저 빨려 들어갈 뿐이었다.

그림 오른쪽 아래 부분에는 '앙투안'이라고 이름이 적혀 있었다.

1866년 9월 20일

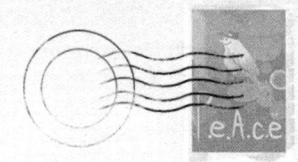

**엄마, 아빠, 그리고 누나**

모두 내가 쓴 글 봐요. 아직 아주 좋은 글 아니지만 샤수 선생님이 가족에게 보게 쓰라고 했써요.

난 손으로 프랑스어 철자 말하는 거 배웠서요. 사람들이 손 프랑스어레요. 엄청 발전 내가 했써요.

난 2학년 되요. 내가 모두들 가운데 제일 어려요. 내일이면 아옵살(9). 우리 마을에서 파리까지 여행 비싸다는 것 알았써요. 난 용감해지려고 해요. 내 열 살에는 모두를 만나러 갈래요.

몸 건강히 게세요. 누나가 보낸 편지 잘 읽어요. 그림 예뻐요.

모두에게 인사를. 푸푸 많이 쓰다드머 줘요.

— 장

23

마을에서는 사람들 의견이 갈렸다. 늘 뭔가를 헐뜯기 좋아하는 사람들은 '그치들'의 손짓, 몸짓이 우스꽝스럽기 짝이 없다는 둥, 얼간이들 같아 보인다는 둥, 그렇게 아들 녀석이 자전거를 타고 마을로 가게 내버려 두는 걸 보니 언제고 그 애가 차에 치이게 될 게 뻔하다는 둥, 그래 놓고는 자동차 잘못이라고 우길 거라는 둥 떠들어 댄다.

빵집 여자, 예전의 상냥하고 우아했던 그 여주인 말고, 옷은 아무렇게나 입고 아침부터 저녁까지 툴툴거리는 새로 온 빵집 여자가 지난 수요일에는 앙투안에게 빵도 주지 않고 그냥 보내 버리기까지 했다. 사 오라는 물건들을 적은 종이를 잃어버린 아이가, 사려는 빵을 손가락으로 가리켜 보이려고 진열대 뒤로 돌아 들어가려는 것을 가로막은 것이다. 그 여자는 아이가 손가락으로 빵을 건드리려고 했고 그건 비위생적이라고 말했다. 그 욕심 사나운 여편네 엉덩짝에 발길질을 날리고야 말 테다. 그러면 비위생적인 게 뭔지 제대로 알게 될 테지!

요전 날에는 그 빵집 여자가 꺽다리 푸카와 함께 이야기를 나누고 있었다. 두 사람이 하는 말을 들어 보니, '그치들'이 아이를 낳지 못하도록 금지해야 할 거라는 내용이었다. 나는 열이 바짝 오르고, 얼굴이 시뻘겋게 달아오르는 것이 느껴져서 서둘러 알약을 찾아야만 했다. 꿀꺽! 알약을 삼켰다. 그 사이 꺽다리 푸카는 떠났고 결국 나는 아무 말도 하지 못했다. 난 비겁하다. 이런 내 자신이 부끄럽다. 도대체 이 나이에 두려워할 것이 무어란 말인가? 내가 생각하는 것을 그대로 말하다가 두들겨 맞는다 해도 뭐, 크게 잃을 것도 없는 나이지 않은가. 좋아. 이제 정해졌다. 앞으로는 내가 생각하는 것을, 내가 생각하는 전부를 다 말하는 거다! 형편없는 인간들이 늘 다른 사람들보다 더 큰 목소리로 떠드는 것에 이제는 질릴 대로 질렸다!

# 1867년 6월 6일

### 엄마, 아빠

어제 우리에게 별난 일이 다 일어났어요.

샤수 선생님이 우리 반에서 제일 우수한 학생 열두 명을 '만국 박람회'에 데려가 주셨어요. 아침 일찍 출발한 우리는 신기한 것들을 셀 수도 없이 많이 봤는데, 그 이야기는 7월 14일 혁명 기념일에 집에 가서 해 드릴게요. 대신 우리가 목격한 믿기지 않는 장면에 대해 이야기를 해 드리죠.

오후가 저물어 갈 무렵이었어요. 우리, 그러니까 샤수 선생님과 증기기관차에 넋을 뺏긴 수위 아저씨 겔빅 씨, 그리고 학생 열두 명은 박람회에서 돌아오는 중이었답니다. 그때 갑자기 군중 사이에서 소란스러운 움직임이 시작됐어요. 그러더니 제복을 차려 입고 말에 탄 호위병을 거느린 나폴레옹 3세가 황금빛 마차를 타고 다가오는 것이 보이더군요. 러시아 황제 알렉산드르

26

2세 옆에는 번쩍이는 장식이 달린 제복을 입은 대공 두 명과 아들들이 타고 있었어요. 그 뒤로 마차가 또 하나 보였고요. 유제니 황후와 프로이센 왕이 타고 있었지요.[4] '정말로 아름다우시구나, 우리 황후님은!' 막 이런 생각을 하고 있는 참인데, 뭔가 무시무시한 일이 벌어졌어요.

사람들이 이리 뛰고 저리 뛰고 서로 밀쳐 대더군요. 호위병이 타고 있던 말 한 마리가 황제가 타고 있던 마차 옆에서 죽어 가고 있었고, 손에는 권총을 들고 눈은 광기로 번들거리는 어떤 남자가 군중에게 붙잡혀서 얻어맞고 있었어요. 마차 안에는 황제와 아들들이 서 있었는데, 피가 잔뜩 튀었더라고요. 황제가 그들에게 뭔가 말을 건넸고, 그런 다음 미소 띤 얼굴로 군중을 돌아보며 안심을 시켰어요. 아무도 다치지 않았고 그저 말의 피가 튀었을 뿐이라고 하셨어요. 그때 저는 황제 폐하의 선량함이 가득한 얼굴과 그 서글픈 표정을 똑똑히 보았죠. 그 얼굴을 절대로 잊지 못할 거예요.

---

4) 1867년 파리에서 열린 만국박람회에 영국의 황태자 에드워드,
   독일의 프로이센 왕과 비스마르크 재상, 러시아의 알렉산드르 2세 등이 참석했다.

암살범은 폴란드인인 것 같아요. 바로 이게 엄마 아빠의 어린 장이 오늘 보았던 일이랍니다!

샤수 선생님이 제 이야기를 대신 받아 적어 주셨다는 걸 이미 눈치채셨겠죠. 선생님이 써 놓은 글을 제가 다시 베끼기만 했어요. 아직도 무척 흥분한데다가, 이 이야기를 맞춤법에 어긋나지 않게 적기에는 모르는 게 너무 많아서요.

조금 있으면 만나겠군요. 엄마 아빠를 다시 만나게 된다는 생각만으로도 너무 행복합니다.

마리에트 누나, 벨맹 선수가 나오는 황소 경기를 볼 수 있게 보베르의 원형경기장에 데리고 가겠다고 한 약속 잊지 마시라고 엄마 아빠에게 말씀드려 줘. 하얀 선수복을 입은 벨맹이 소뿔에 얽어 놓은 줄을 갈퀴로 들어 올리는 모습을 어서 보고 싶어.

그리고 요네 씨 목장에서 하루를 보내게 삼촌이 카마르그로 우리를 데리고 가 주신다고 하셨잖아. 삼촌이 잊지 않게 다시 말씀드려야 해. 말을 타고 물을 튀기며 늪지를 달리고 싶어! 그리고 부리 끝이 고부라진 물떼새가 날아오르는 모습도 보고 싶고. 어렸을 때 봤잖아.

모두에게 사랑을 보내며.

—장

여름이 다가오고 있으니 이제 곧 마을 축제가 열릴 것이다.

나는 자주 내 청각장애인 친구들을 보러 간다. 오래 머물지 않으려고 하지만 그 집 식구들이 나를 보면 하도 좋아하는 것 같아서 '에라 모르겠다, 그냥 더 있지, 뭐!' 하고 만다.

이 친구들은 집안 여기저기에 손을 댔다. 재미있게도, 온통 흰색으로 칠해 놓으니 집이 훨씬 더 커 보인다. 그렇다고 바깥쪽으로 벽을 더 밀어낸 것도 아닌데 말이다! 이들은 부엌과 거실 사이에 커다란 창을 내고, 바깥으로 난 창도 두 개나 만들어 놓고, 욕실 창도 더 키워 놓고, 그리고 사방에 거울을 달아 놓았다.

처음에는 이게 다 무엇 때문에 그런 건지 의아했지만 이제는 알겠다! 이 집 식구들은 소리를 지를 수 없으니 벽을 사이에 두고는 의사를 전달할 수 없고, 말을 주고받으려면 서로 얼굴을 마주 봐야만 한다. 그러니까 "고기 구웠는데, 오이 절임 같이 낼까요?"라든가 "이제 쌀쌀해졌으니 그만 집으로 들어들 와요!"라는 말을 하자면, 창문이, 수많은 창문이 필요하다!

나는 끔찍스러운 사실을 깨달았는데, 그건 두 사람이 모두 청각장애를 갖고 있다면 어두움 속에서 서로 이야기를 나눌 방도가 없다는 것이다. 푸르네 씨에게 그 경우에 어떻게 하는지 물어봐야겠다. 오! 물론 보나마나 농담으로 대답하겠지! 그 양반, 늘 웃고 있으니까!

앙투안이 내게 '태양', '더워', '내일', '먹다', '안녕히 계세요'를 말하는 법을 가르쳐 주었다. 그래서 요즘 거울을 보면서 연습한다.

나는 앙투안에게 여름이 황소 경기의 계절이라고 설명한다. 하지만 누군가의 언어에 대해서 단어 열 개밖에 아는 게 없다면, 설명하는 것이 쉽지는 않다. 서투르게 양손을 내저으며 정신없이 손짓 발짓을 해 대고 있노라니, 결국 앙투안이 웃음을 터뜨리고 만다. 내 모습이 너무 우스꽝스럽게 보였나 보다. 게다가 생각건대, 아마도 내 뒤죽박죽 손짓들이 뭔가 이상한 의미를 전달한 것 같다.

그러다 보니 아프리카로 간 벨기에 신부에 관한 일화가 생각났다. 자신이 맡은 교구 사람들의 말을 완벽하게 구사한다고 믿고 있던 그 신부는 일요일 미사에 너무나 많은 사람들이 참석하여 즐거워하는 것을 보고 무척 놀랐다! 신부가 나중에서야 알게 된 사실은 이렇다. 자신의 발음이 이상해서, 특히 "주님"이라는 말을 이상하게 발음해서 "내 엉덩이" 비슷하게 들렸고, 그러니까 그는 매주 신념에 찬 목소리로 "내 엉덩이에게 영광을."과 "내 엉덩이시여 우리를 축복하소서.", "내 엉덩이가 여러분의 죄 지음으로 인해 고통받으셨도다."를 되풀이했다는 것. 그래서 마을 사람들은 그 오지에서는 절대로 볼 일이 없었을, 세상에서 가장 우스운 공연을 보기 위해 먼 걸음을 마다하지 않았던 것이다!

나는 앙투안에게 우리 카마르그 지방에 전해져 오는 황소 경기 전통에 대해 들려주고 싶어서, 앙투안네로 가서 컴퓨터에 글을 써서 보여 주었다. 모리스 식으로 말하자면 이론 공부를 시킨 셈이다. 푸르네 부인이 어깨 너머로 글을 읽고 있는 가운데 독수리 타법으로 타자를 치고 있자니, 아내 쥘리에트와 함께 타자 치는 법을 연습하며 우체국 공무원 시험을 준비하던 때가 생각났다. 그때 쥘리에트는 내게로 몸을 숙이며 내 손을 잡았지. 그 다정했던 순간이 마치 어제 일인 양 대번에 되살아났다. 그게 벌써 40년 전이라니…….

난 다시 정신을 차리고 계속 글을 써 나갔다.

"우린 스페인에서 하는 것처럼 원형경기장에서 황소를 죽이는 법이 없다오. 우리네 황소 경기는 4천 년 전에 크레타 섬 사람들이 했던 놀이와 비슷하지. 몸집이 작고, 검은색에, 리라 모양의 뿔이 난 황소는 카마르그가 원산지인데, 우린 그 황소를 사랑한다오. 우린 목초지나 늪지에 놓아기르던 황소를 데려다가 여름 축제를 위해 몇 달간 훈련을 시켜요. 그리고 나면 한 해의 나머지 기간 동안에는 다시 자기가 있던 곳으로 돌아가서 동료들과 함께 평온하게 생활하는 거지. 우린 황소에게 자유를 돌려줍니다. 그 황소가 자유를 누려야만 우리도 마음이 편하니까. 그 황소는 언제나

야생동물로 살아갑니다. 물론 지금이야 황소의 서식지가 제한되어 있기는 하지만."

푸르네 부인이 자판을 두드려서 '투우?'라고 썼다.

내가 대답했다.

"천만에. 우리 놀이는 투우와는 전혀 달라요. 어떤 황소들은 심지어 연달아 18년 동안 원형경기장으로 다시 돌아오기도 한답니다. 그 황소들이 인간을 알면 알수록, 그리고 자신들이 참여하는 놀이를 즐기면 즐길수록, 우리는 그들을 높이 산다오. 황소들이 죽음을 맞으면 우리는 그들을 존중하는 뜻에서 땅에 눕히지 않고 세워서 묻지요. 우리는 투우 애호가들과는 달리, 황소들의 영리함과 기량을 높이 친다오. 괜찮다면, 이번 여름에 당신 가족들을 데리고 근사한 황소 경기를 보러 가지요."

푸르네 부인이 글을 썼다.

"기꺼이 그러죠, 카스탕 씨."

# 파리, 1869년 4월 4일

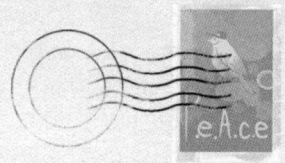

어머니, 아버지, 편지 잘 받았어요.

그리고 누나, 누나가 보내 준 작은 꾸러미도 잘 받았어. 이렇게 멀리 떨어져서도 가족의 사랑을 듬뿍 받고 있다고 느낄 수 있으니 얼마나 좋은지 모르겠어요!

저는 지금 예전보다 더 외로움을 느끼고 있답니다. 제가 제일 좋아하는 샤수 선생님께서 미국의 청각장애인 국립대학에 공부하러 떠나셨거든요. 얼마나 슬픈지 모르겠어요! 선생님께서는 제게 천체망원경을 기념으로 주고 가셨어요. 선생님께서는 제 앞날이 행복할 거라고 격려해 주셨고, 저와 헤어지면서 눈물을 흘리셨죠. 그토록 훌륭한 분의 사랑을 받을 수 있으리라고는 생각도 못했는데 말이에요.

제가 이 학교에 온 지 이제 2년째로 들어섰습니다. 전 열한 살이지만 여전히 반에서 제일 어린 학생이지요. 하지만 열세 살인 에드가르 드 카위젝과 친구가 되었답니다. 우리는 휴식 시간이 되면, 아름다운 교정에서 함께 깔깔대며 놉니다. 포석이 깔린 안마당 한가운데에 커다란 느릅나무가 한 그루 서 있는데, 혹시 아세요? 그저께 우리 학생 여섯이 손을 맞잡고 느릅나무 둘레를 재 보았어요. 에드가르가 그 일을 글로 써 보겠대요.

전 지금 수학을 공부하고 있는데, 선생님께서는 제가 더 발전할 수 있을 거라고 하세요. 전 모든 과목을 최선을 다해 공부하려고 애를 쓰고 있습니다. 학교에는 목공 실습실, 인쇄 실습실, 모자이크 제작 실습실도 있답니다. 제가 제일 좋아하는 것은 인쇄 실습이에요. 마리에트 누나는 물론 눈치챘겠지만!

제가 엄마, 아빠, 그리고 누나를 보지 못한 지도 벌써 1년이 되어 가는군요. 식구 모두를 만나려면 아직도 1년을 더 기다려야 하네요. 그리고 꾸러미 안에 백리향을 조금 넣어 주셨던데, 너무 고마워요. 손바닥에 올려놓고 비빈 다음에 가만히 눈을 감고 있으면 마치 고향의 황야를 산책하는 느낌이에요. 3월의 제비꽃도 잘 간직해 뒀어요. 누나, 그거 생각나? 푸푸 때문에 물레방아 뒤에서 토끼 한 마리가 튀어나온 적이 있었지. 가족 모두와 다시 황소들을 보러 갈 날이 아직도 멀게만 느껴져요!

아빠가 사냥하러 가실 때, 푸푸가 함께 따라가서 사냥개 노릇을 아주 잘한다니, 기뻐요. 때로는 제가 푸푸 대신에 들판으로 나가 거침없이 뛰어다니고 싶답니다.

가족 모두에게 제 사랑을 보냅니다. 세 분 모두 건강하세요.

—장

2002년 6월 22일

어제 저녁에 모리스가 맛있는 대구 요리를 해 주겠다고 해서 갔다. 나는 모리스에게 내가 청각장애인 친구들 집에 들락거리면서 알게 된 새로운 사실들을 미주알고주알 이야기해 주었다.

모리스는 늘 그렇듯이 한참을 턱을 문지르며 나를 바라보다가 입을 열었다.

"그러니까 자네는 말이야, 사람들이 손으로 말을 하면서도 머뭇거리고, 더듬거리고, 거짓말을 할 수 있다고 생각하나? 그리고 손이 시인이 되기도 할까? 귀머거리들 가운데서도 자신들의 언어를 그 우아함의 절정으로, 매력과 감동의 극한까지 끌어올리는 이들이 있을까? 예술가들이?"

37

내가 뭐라고 대답할 수 있었겠는가? 난 그저 중얼거렸다.

"낸들 아나."

모리스는 잠시 침묵을 지키다가 말을 이었다.

"내가 몇 마디 하겠네, 폴루."

이런, 이런! 모리스가 저런 식으로 말을 시작하면, 그건 그가 머릿속으로 생각을 곱씹고 또 곱씹었다는 소리고, 그렇다면 알쏭달쏭 알다가도 모를 소리일 게 뻔하다.

"첫째, 나는 여태껏 이전 집주인과 새 집주인이 우정을 나누는 꼴은 본 적이 없다고……."

"본 적이 없다고? 그럼 지금 보라고! 그런 법은 없는 거라고 하면 내가 움찔할까 봐? 난 눈 하나 꿈쩍 안 하네! 자, 그럼, 두 번째는?"

"둘째, 자넨 그 꼬맹이에게 너무 매달리는군."

"매달리다니, 그게 무슨 뜻이지? 내가 너무 들러붙는단 말인가?"

"그게 아니라, 내가 무슨 말을 하려는지 잘 알면서 그러나, 폴루. 결국 자네가 힘들어할 게 뻔한데, 그럼 자네의 징징거리는 소리를 들어 줘야 하는 게 누구지? 응?"

"대체 내가 왜 힘들어할 거라고 생각하는 거지?"

"아니, 자네 나이에 아직도 그걸 모른단 말이야? 아이나 여자 혹은 동물이라도 좋아. 뭔가에 집착하다 보면 늘 불행해지기 마련이지."

"불행해져도 좋다면?"

모리스는 턱을 문지르고 있었다. 정말이지 이 친구, 알다가도 모르겠다! 그는 평생, 오른쪽으로 가야할지 또는 왼쪽으로 가야할지 망설이면서 사거리 한복판에 서 있었다. 어느 쪽으로든 한 방향으로 들어서기 전에 그 쪽이 다른 쪽보다 분명히 더 낫다는 사실을 확신하고 싶었으리라. 하지만 누군들 그런 확신을 가질 수 있으랴. 그러니 선택하지 못하고 계속 그 자리에 막대기처럼 서 있기만 했지. 모리스는 자신이 틀릴까 봐 두려워하면서 삶이 흘러가는 것을 바라만 봤다. 고통을 받게 될까 두려워서 말이다. 그 때문에 가끔 짜증이 나지만 그래도 그는 내 친구다.

그런 모리스가 이것저것 따지지 않고 곧바로 행동에 나섰던 적이 꼭 한 번 있었는데, 바로 내 생명을 구하기 위해서였다는 이야기는 하고 넘어가야겠다.

열한 살인가 열두 살인가, 우리가 아직 어렸을 때였다. 유월의 아침이었다. 내가 모리스에게 청했다.

"가자! 이젠 물이 따뜻해졌을걸. 비두를르 강으로 다이빙 연습하러 가자."

내가 먼저 빌텔 개울로 뛰어들었다. 그러고는 다시 떠오르지 않았다. 누군가 낡은 농기구를 강물에 내다 버렸는데, 바로 그 쇠스랑이 허벅지를 꿰뚫었던 것이다. 심한 고통으로 정신을 잃은 나는, 허벅지를 깊숙이 찔린 채, 물속에 잠겨 있었다. 그때 모리스가, 그 비실비실했던 모리스가 옷을 입은 채로 물속으로 뛰어들어서, 젖 먹던 힘까지 다 쏟아부어 쇠스랑에서 날 빼내어 강둑으로 데리고 나왔다.

"정신 차리라고!"

그는 서너 차례 내 뺨을 때린 뒤, 자기 셔츠를 벗어서 내 허벅지를 꽉 묶고는 자전거에 싣고 마을 의사에게로 데리고 갔다. 바로 이런 까닭에 모리스는 언제나 내 친구인 것이다. 아마 그날, 모리스는 내가 죽는 모습을 보게 될까 봐 무척 두려웠을 것이다. 내 친구 소피가 말하듯이, 모리스는 '틈바구니에 낀 채 옴짝달싹 못한다'는 말이 맞다. 하지만 가끔씩 농담도 하고 아이처럼 웃어 댄다. 그래서 난 모리스를 지금의 모습 그대로 그럭저럭 봐주는 모양이다.

# 1870년 10월

## 사랑하는 엄마, 아빠

질 나쁜 이 반투명 종이에 쓴 편지는 5그램도 나가지 않아요. 이 편지는 기구에 실려서 엄마 아빠 계신 곳까지 배달될 거예요. 만약 이 편지를 읽게 된다면, 그러니까 기구 조종사들이 우편 행낭을 프로이센 군인들 머리 위에 내다 버릴 일이 벌어지지 않았다는 의미겠죠. 적들이 쏜 총알이 기구에 구멍을 내면, 기구가 추락하지 않도록 우편 행낭을 버리는 일이 벌써 여러 번 있었답니다.

우리가 있는 이곳 파리는 적들에게 포위당했어요.[5] 이제는 아무도 수도로 들어오지 못하고 기구만이 나갈 수 있는데, 그나마도 파리를 포위하고 있는 프로이센 군인들의 총탄 세례를 받는답니다. 파리에서 빠져나가지 못한 가스통 드 카위젝 씨가 어제 조카를 보러 왔어요. 그분이 저와 에드가르를 몽마르트르에 있는 생피에르 광장으로 데려가 주셔서, 우리는 기구에 가스를 주입하는 광경을 보았지요. 그 기구들은 하늘에 떠 있으면 콩알만하지만 땅 위에서는 집채만큼 커다랗답니다!

제가 식구들 편지를 받지 못한 지 벌써 두 달째네요. 너무 길어요! 하지만 저 때문에 걱정하지는 마세요.

전쟁 중이라 수업이 줄었고, 성채까지 가서 양식거리를 찾아다녀야 해요. 요리사 리알 씨가 차례대로 우리에게 음식 수레 끄는 일을 맡기시거든요. 해 뜨기 전에 거리에 나서면 조금 춥기는 하지만 우리는 그 일을 아주 즐기고 있습니다.

엄마, 아빠, 누나, 모두 잘 지내시기를 바랍니다. 가족 걱정이 많이 됩니다. 곧 전쟁이 끝나서 다시 소식을 주고받게 되기를 바라고 있어요.

모두에게 제 사랑을 전합니다.

—장

---

5) 1870년 프랑스의 나폴레옹 3세와 프로이센의 비스마르크가 일으킨 보불전쟁은 1871년 1월 29일 파리가 함락되면서 프랑스의 패배로 막을 내린다.

2002년 6월 29일

일요일에 열릴 축제에 참가할 소들을 고르려고 목동들이 말을 타고 왔다. 나는 목장 울타리에 팔꿈치를 괸 채, 흰 말에 올라탄 목동들이 손에 황소 뿔 모양의 창을 들고 소 떼를 모아들인 뒤, 소 한 마리를 살살 무리에서 떼어 내어 나무판자를 깔아 놓은 임시 대기 장소까지 몰고 가는 모습을 지켜본다. 이곳에서 트럭에 올라탄 소는 마을로 실려 가서 다른 소들과 합류하게 될 것이다.

멀리서 보면 이 모든 것이 아주 쉬워 보이지만, 말 탄 목동들이 황소와 리듬을 맞춰야만 하고 갑작스럽게 속도를 내서도 안 된다. 목동들은 단 한 가지도 놓쳐서는 안 된다. 잠시만 주의를 게을리하면, 황소는 달아나서 다시 제 무리에게 돌아가고 만다. 그러면 처음부터 다시 시작해야 한다. 이 작업을 봐 온 지 60년이 다 되어 가지만, 볼 때마다 그 광경 앞에서 감탄하지 않을 수 없다. 새하얀 말과 새까만 황소 사이의 대조, 기수들의 침착함과 영리함, 신경이 곤두 선 어린 황소들을 다독일 줄 아는 그들의 재주, 이토록 청 명한 하늘……. 이 모든 것이 감동을 불러일으킨다. 나는 이 광경 앞에서는 어린아이이며, 앞으로도 늘 그럴 것이다.

겨드랑이 밑으로 뭔가 불쑥 올라온다. 앙투안의 머리다. 나처럼, 앙투안 역시 몰려 서 있는 기수들에게서 눈을 떼지 못하고 그렇게 서 있다. 얼마 동안이나 아이가 이러고 있었 던 걸까? 아이가 다가오는 소리를 듣지 못했다. 나도 듣지 못하게 됐나?

무슨 일이 벌어진 거지? 가장 능력 있는 기수 축에 드는 로랑이 나를 향해 말을 달려온다. 그는 자노의 어린 말 미 뉘스의 고삐를 쥐고 있다.

"폴루, 송아지 한 마리가 쓰러졌어요. 저기 경사면 근처 에요. 일어서지를 못하네요. 뭘 어째야 할지 잘 모르겠어요. 베르트랑도 없는데…… 와서 봐 주실 수 있나요?"

"어디, 한번 가 볼까."

울타리 안으로 들어가니 로랑이 내게 고삐를 넘기고는 말을 달려간다. 난 등자에 발을 건다. 관절이 죄다 우두둑 거린다. 장작불 튀듯 툭툭거린다. 끙! 됐다. 드디어 말에 올라 편안하게 안장에 자리 잡았다. 말에 오르지 않은 지 4년이 다 되어 간다. 세상에, 이렇게 좋은 것을! 말이 작더라도 말에 올라타면 모든 것이 변한다. 말에 올라 본 적이 없는 사람들은 이해할 수 없을 것이다. 말에 오르면 세상이 내려다보인다. 그 거대한 심장이 우리를 위해 힘차게 뛰면 우리에게는 속도와 힘이 생긴다.

아래를 내려다보니 앙투안이 얼굴을 들어 나를 쳐다보고 있다. 나를 쳐다보는 그 눈길이라니! 함께 가고 싶은 마음이 한가득이다. 나는 몸을 숙인다. 이렇게 몸이 뻣뻣해서야, 이러다가 굴러 떨어져서 얼굴이나 깨지지 않아야 할 텐데! 손을 내밀어 앙투안을 끌어 올린다. 영차! 내가 아직도 이런 일을 할 수 있으리라고 누군들 믿었겠는가? 이제 미뉘스의 엉덩이께에 자리 잡은 앙투안이 내 등 뒤에 바싹 다가앉는다. 말이 걸음을 떼어 놓는다. 카마르그산 말보다 더 순

하고 더 말 잘 듣는 말은 존재하지 않는다지만, 앙투안과
나, 우리 둘이 위험에 빠질 일이 생기지 않기를!

자노와 라시드가 누워 있는 송아지를 붙잡고 있고, 목동
들이 그 주위를 둘러싸고 있다. 말에서 가볍게 내리는 앙투
안의 얼굴이 기쁨으로 빛난다. 나는 뻣뻣하게 굳은 몸으로
말에서 내린다.

"이 송아지, 대체 무슨 일인가?"

"이 송아지는 로메오의 아들 파코예요. 운이 없었는지,
경사면에서 미끄러졌어요. 어깨 쪽 뼈가 부러진 것 같아요."

"어디 보자."

나는 앙투안을 달고서 송아지에게로 다가간다. 무릎을 꿇
고 앉아 덜렁거리는 앞발을 더듬어 본다. 뼈를 따라서 천천
히 쓸고 올라간다. 어깨를 만져 본다.

"천만에. 뼈는 말짱해. 어깨뼈가 빠졌구먼. 그뿐이야. 로
랑, 다른 쪽 발을 잡게. 옳지, 그렇게. 자, 내가 여기 우묵한
곳에 손을 대면, 셋을 셀 때 자네들은 이 방향으로 밀라고.
그러면 모든 게 제자리로 돌아갈 거야. 알겠지? 자, 그럼,
하나, 둘, 셋!"

아주 희미하게 우두둑거리는 소리가 들렸는가 싶더니, 어느새 송아지는 벌떡 일어서서 자기 무리를 향해 달려간다. 앙투안이 고개를 젖히고 웃는다. 신참 목동인 세바스티엥이 내가 일어서는 것을 돕는다. 라시드는 나와 같은 거리에 살고 있으면서도 마치 나를 처음 보는 사람마냥 쳐다본다.

"대단하세요, 폴루 씨."

나는 기운이 쏙 빠져 버렸다. 하지만 자신들의 도움 요청이 내게는 어떤 선물인지 이 젊은이들은 깨닫지 못하고 있었다. 물론 나는 이전에도 송아지, 황소, 말들이 아프면 고쳐 줬다. 하지만 신선한 아침 바람을 맞으며, 황소들한테서 풍겨 오는 강력한 내음을 맡아 가며, 다시 이렇게 젊은이들 사이에 끼어 있자니 얼마나 행복한지! 앙투안이 내 손을 슬그머니 잡는다. 나는 이 아이 때문에도 행복하다. 이제 앙투안은 내가 그저 먼발치에서 황소 구경이나 하는 할아범이라고는 절대 생각하지 않겠지.

우리는 다시 울타리 쪽으로 걸어서 돌아간다. 날이 더워지기 시작한다. 하지만 모든 것이 다 좋다. 쥘리에트가 말하곤 했듯이, 내 마음속엔 노래가 절로 흐른다.

우리는 가는 길에 뚱보 가바와 엇갈린다.

"저런, 이 아이가 그 외계인인가? 황소 구경시켜 주려고 데리고 왔나 봐?"

앙투안이 곁눈질로 나를 바라본다. 아이의 표정이 어두워졌다. 내 손안에 들어 있던 앙투안의 손이 바짝 긴장한다. 앙투안이 무언가를 알아차린 걸까? 사람들이 적의를 가지고 있다는 것을 느끼고 있는 것이 틀림없다. 사람들이 자신과 다른 이들을 보며 얼마든지 경멸하고 짓밟을 수 있다는 것을 이토록 순진한 앙투안이 상상이나 할 수 있을까? 훗날 그런 사실을 알게 될까? 아니, 있어서는 안 될 일이지! 그런 고약한 광경을 상상해 보는 것만으로도 그들을 자근자근 밟아 주고 흠씬 두들겨 패 주고 싶은 생각이 모락모락 솟는다! 내 알약, 어서!

나는 나지막한 돌담 위에 앉는다. 내 심장이 거세게 뛴다는 사실을 앙투안에게 알려 준다. 앙투안은 내 왼쪽 가슴에 손을 갖다 댄 채 주의를 집중한다. 손바닥 밑에서 심장이 벌렁거리는 것이 느껴지는 모양이다. 옳지, 이젠 한결 낫다.

# 1870년 12월 4일

### 엄마, 아빠, 그리고 누나

제가 기구에 실어 보내는 세 번째 편지군요. 앞서 보낸 편지들을 모두 받으셨는지 알 길이 없군요. 프로이센 군대가 여러 번 기구를 추락시킨 것 같던데…… 며칠간 계속해서 격렬한 전투가 벌어진 모양이에요. 이런 짤막한 편지도 보내는 데 돈이 꽤 들어요. 그래도 식료품 가게가 텅 비었으니 엄마 아빠가 건포도나 아몬드를 사 먹으라고 준 용돈이 이제는 쓸 데가 없어져서, 우표 사는 데 돈을 쓰고 있어요. 편지가 우리 가족에게 조금이라도 기쁨을 안겨 주면 좋겠어요.

우리 학교 요리사 아저씨가 우리에게 임무를 맡겼어요. 식량 배급 카드를 갖고 가게로 가서 몇 시간이고 기다렸다가 학교에서 쓸 고기나 빵을 얻어 오는 건데, 그 양이 얼마 되지 않아요. 날이 춥지만 걱정하지 마세요. 우리 학교 고참 수위 아저씨 겔빅 씨가 우리에게 방수 천으로 반장화를 만들어 주었고, 몸통을 신문지로 둘러싸 준답니다. 신문이 바람을 막아 주거든요.

거리는 어두워요. 일주일 전부터 가스등에 불이 들어오지 않네요. 사람들이 길게 줄을 서 있고, 검은 상복을 입은 여인들이 그 가운데 끼어 오들오들 떨고 있지요. 아이들에게 줄 우유는 동이 났어요. 우리 학교 목공실로 어린이용 관 주문이 밀려들고 있어요.

이런 이야기를 쓰면 안 되는 건데……. 하지만 여기는 지금 모든 것이 슬프고 전 엄마와 아빠, 누나가 얼마나 보고 싶은지 몰라요! 체육 담당 르콩트 선생님이 그러시는데, 강베타의 군대가 곧 우리를 해방시켜 줄 거래요.

우리는 일주일에 한 번 고기를 먹어요. 이번 일요일에는 쥐고기 파이를, 지난 일요일에는 고양이 고기 프리카세를 먹었습니다. 개고기는 아주 맛이 좋던데, 이제는 개고기도 동이 났어요. 아, 푸푸에게 이 이야기는 절대로 하지 마세요!

보시다시피 전 아직은 우스갯소리를 할 여유가 있답니다. 전 건강하니까 걱정하지 마세요. 어서 전쟁이 끝나라고 기도해 주세요.

가족 모두에게 제 사랑을 보냅니다.

—장

2002년 7월 4일

앙투안이 수화로 내 이름을 하나 지어 주었
다. 나로서는 뒤늦게 세례를 받는 거나 마찬가지였고, 또
아파치족이나 수족이 누군가에게 그 사람의 성격, 그 사람
의 괴상한 버릇에 빗대어 '미쳐 날뛰는 말'이나 '우르릉대
는 천둥'이라는 식의 이름을 붙여 주는 것과 같았다. 앙투
안은 나를 위해 '심장이 세차게 뛰는 사람'이라는 이름을
골라 주었다. 앙투안은 주먹을 꼭 쥐고 왼쪽 가슴을 두드린
다. 푸르네 부인이, 꼭 쥔 주먹을 턱 밑에 갖다 놓으면 '늙
은'이라는 뜻이라고 설명해 주었다. 내게 붙여 준 수화 이
름이 '늙은 심장이 세차게 뛰는 사람'이라는 의미일까? 아
니면 '심장이 세차게 뛰는 늙은이'라는 의미일까? 나도 모

르겠다. 하지만 엎어 치나 메치나 매한가지지 뭐.

나는 앙투안에게 오늘 저녁에 원형경기장처럼 꾸며 놓은 마을 광장으로 데려가 주겠다고 약속했다. 마을 광장에서는 '황소 풍덩' 놀이가 열릴 예정이다. 이 놀이는 젊은이들을 위한 놀이다.

저녁 공기는 따뜻하고, 목재 관중석엔 사람들로 빼곡하다. 앙투안이 솜사탕을 먹고 있는 아이들을 유심히 바라본다. 내가 손짓으로 먹고 싶으냐고 물으니 앙투안은 수화로 아니라고 하고는 자기 이를 가리키며 뭔가를 설명한다. 앙투안이 단 것 먹는 것을 부모가 원치 않는 모양이다. 앙투안이 미소를 짓는다. 마침 소들이 대기하고 있는 곳의 문이 열리기에 아이에게 문 쪽을 가리켜 보인다. 문이 열리는 소리야말로 모든 사람들이 기다리는 소리건만, 앙투안은 아무 소리도 듣지 못한다.

첫 번째 황소가 날렵한 다리로 전속력으로 달려 들어온다. 그러더니 사납게 발굽을 굴려 땅바닥을 헤집어 놓는다. 앙투안이 몸을 앞으로 잔뜩 수그린다. 아이는 다른 아이들에게서는 찾아보기 힘든 집중력을 갖고 주시한다. 때때로 아이가 나를 바라본다. 난 아이에게 지금 보고 있는 모든 것이 평소와 다름없으며, 겁낼 게 전혀 없다는 수화를 해 보인다.

경기장에는 밀짚을 깔고 그 위에, 방수 천을 이용해서 임시로 수조를 만들어 놓았다. 열네 살 이상의 젊은이들이 경기장 안에 들어가서 송아지 티를 갓 벗은 젊은 황소가 물이 가득한 수조 안으로 뛰어들게 하려고 애를 쓴다. 물속으로 황소가 뛰어들게 만든 사람은 소액의 상금을 받게 된다. 경기장으로 들어온 황소는 성깔을 돋우는 젊은이들의 몸짓에 신경이 잔뜩 곤두서서 맹렬하게 젊은이들 뒤를 쫓아 달린다. 마침내, 젊은이들은 물속으로 뛰어들지만 황소는 딱 멈춰 서 버린다. 실패! 사람들이 죄다 웃음을 터뜨린다. 젊은이들은 황소 곁에 좀 더 바짝, 그러니까 거의 손이 닿을 정도로 다가서야만 한다. 그 일에는 각별한 용기가 필요하다. 젊은이들이 다시 황소를 유인하기 시작하고, 마침내 황소가 수조 안으로 뛰어들어 쓰러진 젊은이들 몇의 다리를 밟고 지나간다. 나도 젊었을 때 다리를 밟힌 적이 있다. 지금, 젊은이들은 갈라진 소 발굽이 살갗을 짓이기는데도 관객을 향해 즐거움 넘쳐흐르는 얼굴을 들어 보이고 있다. 하지만 내일 잠에서 깨면, 온몸에는 멍이 들어 있고 삭신은 쑤셔 댈 것이다.

나는 앙투안에게 이런 상황들에 대해 설명해 주고 싶다. 하지만 할 수가 없다. 아이는 지금 이 놀이를 구경하는 데 홀딱 빠져 있다. 웃고, 박수치고, 겁을 내다가는 소리를 지르는데, 가끔씩 그 소리가 엉뚱한 순간에 경기장에 울려 퍼진다. 오른쪽 관중석에 앉아 있던 빵집 여자가 앙투안에게 못마땅해하는 눈길을 보내기에, 나는 "그 터진 입 좀 꿰매고 제 할 일이나 하시지."라는 의미를 담은 손짓을 한다. 빵집 여자는 충격을 받은 모양이다. 얼굴 표정이 꼭 썩은 밤이라도 삼킨 암탉 같다.

이번에는 열네 살 아래 어린이들을 위해서 아주 어린 황소 한 마리를 들여보낸다. 앙투안은 자기도 내려가서 송아지와 놀고 싶은 눈치다. 소한테 다가가자마자 받혀서 나자빠지지 않으려면 소와 상당히 친숙해져야 한다는 것을 모르고 있다.

소들과 함께 있을 땐 어떻게 행동해야 하는지 가르쳐 줘야겠다. 아이는 지금 한껏 흥분한 상태니 소한테 바싹 다가서고 말 텐데, 그러면 정말 위험천만이다. 황소가 쫓아와서 콧등으로 우리 등을 밀어 대면, 땅바닥에 엎드려 가만히 있어야 한다는 걸 대체 어떻게 설명하지? 그러면 황소는 죽은 듯이 엎어져 있는 사람의 몸뚱어리 냄새를 맡아 보고, 몇 번 발굽으로 툭툭 쳐 본 뒤, 그냥 다른 곳으로 가 버릴 텐데. 아주 작은 말이라면, 말에 올라타는 정도는 아직은 나도 할 수 있다. 하지만 아이에게 이 모든 것을 가르치기 위해 바닥에 몸을 내던지는 일은, 아이고, 그것까지는 자신 없다. 아마 숨넘어가게 생긴 노인네 한 명을 일으켜 세워야 할 게다!

앙투안이 소맷부리를 잡아당기더니 송아지를 가리킨다. 그 송아지를 알아본 것이다. 그래, 파코란다! 어깨가 빠졌던 그 송아지지. 허, 허! 그놈, 신경이 바싹 곤두섰네그려. 제 애비 이름값을 하는구먼!

# 1871년 1월 7일

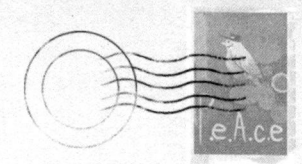

## 엄마, 아빠, 그리고 누나

이번 크리스마스와 새해는 식구들한테 카드도 연하장도 받지 못하고 그냥 지나갔네요. 우리는 크리스마스 자정 미사에 가지 않았어요. 기온이 영하 15도 아래로 떨어졌거든요. 크리스마스 음식으로 허브와 감자를 넣어 끓인 음식과 빵을 먹었지요. 시커멓고, 끈적거리고, 지저분한 것들이 잔뜩 들어 있는 거였는데, 빵이라고 부르니 빵인가 보다 싶었죠. 이제 양초도 거의 동났어요. 크리스마스 전야제가 꼭 장례식장 같았죠. 삶이 서글퍼요. 눈은 끊임없이 내리네요. 온 도시가 죽어 가고 있는 것 같습니다.

제 친구들 가운데 병에 걸린 애들이 많아요. 난방도 못하고 있어요. 우리 배급표로 얻어 오는 나무 조각들은 부엌에서 쓰고 있지요. 이제 식사 때 고기는 구경도 못해요. 하지만 동물원의 코끼리 두 마리를 도살했고, 어떤 푸줏간 주인이 코끼리 고기를

2만 7천 프랑을 주고 샀다는 얘기가 돌고 있어요. 고양이 반 마리 값이 벌써 6프랑으로 뛰었어요. 요리사 리알 씨는 우리에게, 코끼리 고기를 한 점이라도 접시에서 보게 될 일은 없을 거니 희망을 버리라고 부탁하네요. 파리의 부자들이 먹어 치운 낙타, 영양, 산양을 제외하면, 기구를 타고 떠났다가 비밀 전갈을 갖고 파리로 돌아오는 통신용 비둘기들이 남는군요. 가장 뛰어난 통신용 비둘기 사육사들 가운데 한 분이 우리 학교 선배라고 하더군요. 저와 제 친구들은 그 사실이 무척 자랑스러워요. 전쟁이 끝나면 그분을 만나 뵐 수 있기를 바라고 있죠.

1월 5일부터, 프로이센 군들은 우리 머리 위로 폭탄을 쏘아 대고 있어요. 학교 담이 벌써 여러 차례 흔들렸어요. 수위 아저씨 겔빅 씨는 우리가 패배할 거라고, 그리고 아무것도 아닌 일로 목숨을 잃느니 항복하는 게 더 낫다고 말하시네요.

제 편지를 받아 보실 때쯤에는 이 악몽이 끝나 있기를 바랍니다. 세 분 모두 건강하세요. 그리고 부활절 방학에는 모두를 보러 가도 되겠죠? 이렇게 멀리 떨어져 있으니 얼마나 슬픈지 몰라요!

모두에게 제 사랑을 보냅니다.

—장

2002년 7월 10일

어제 내가 도착했을 때, 앙투안은 정자 밑에 앉아서 그림을 그리고 있었다. 나한테 주겠다는 거였는데, 내가 이미 찬장에 붙여 놓았던 그림과 거의 비슷했다. 단지 이번에는, 배경이 검은 소가 있는 푸른 풀밭이 아니라 선명한 노란색으로 물든 풀밭으로, 길게 자란 풀이 소의 가슴께에서 찰랑거리고 있었다. 나는 철 따라 배경만 달라지는 똑같은 그림을 보는 것도 근사한 일일 거라는 생각을 했다. 앙투안도 그 생각을 했나?

앙투안은 이제 여인을 그리고 있었다. 여인의 배는 둥그렇고 그 안에는 두 손을 벌린 아기가 들어 있었다. 앙투안은 엄마라고 적었다. 그러더니 웃으면서 내게 그림을 보여 주었다. 그러니까 푸르네 부인이 아이를 가졌단 말이지? 나는 "브라보."라고 말하고 싶어서 박수를 쳤다. 앙투안이 나를 따라 했다. 하지만 내가 온전히 기쁨만 느꼈던 건 아니었다. 빵집에서 꺽다리 푸카가 했던 말이 생각났기 때문이다.

앙투안이 나를 끌고 집 안으로 들어가서 복도 불을 켜더니, 나를 복도에 남겨 둔 채 자기 방으로 들어가 문을 닫았다. 곧 앙투안의 울음소리가 들리더니 불이 켜졌고, 다시 우는 소리가 나더니 또 다시 불이 켜졌다. 잠시 후 앙투안이 방에서 나오는데 아주 만족스러운 표정이었다. 아기 흉내인지 알고 있다고 내가 손짓으로 알렸다.

그래요, 바로 그거예요. 앙투안은 눈에 보이지 않는 아기를 안고서 어르고 뽀뽀해 주는 시늉을 했다. 앙투안은 여자 아기라고 설명했다. 나는 요 꼬맹이가 어떻게 그걸 알 수 있었는지 궁금해졌다. 그러다가 갑자기 이런 생각이 들었다.

'내게 대체 무슨 일이 일어난 거지? 이제는 앙투안이 하는 말을 이해하게 된 건가?'

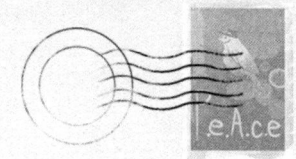

**1873년 9월 6일**

**엄마, 아빠, 그리고 누나**

식구들과 함께 보낸 20일 동안 얼마나 행복했는지 몰라요! 제 열여섯 번째 생일 선물로 주신 손목시계, 정말 고맙습니다. 식사도 더할 나위 없이 좋았어요. 왜 파리 사람들은 쇠고기 스튜 하나 제대로 요리할 줄을 모르는 걸까요? 왜 음식에 마늘을 넣지 않는 걸까요? 사촌들과 함께 님과 아를르로 여행을 떠났던 것도 정말로 황홀했어요. 고대 로마에 대해서는 글로만 많이 읽었는데 드디어 원형경기장들을 직접 두 눈으로 보았으니! 힘차게 흘러내리는 론 강은 아주 인상적이었지요. 우리 고장은 아름답더군요. 언젠가는 돌아가서 식구들과 함께하겠지만, 그때까지는 학업을 소홀히 하지 않아야겠어요.

처음 몇 해 동안은 수업이 너무 종교에 치우쳐 있어서 지리와 철학을 충분히 배우지 못했어요. 화학도 재미있는데! 그리고 인체에 관한 것도요. 호흡이나 혈액 순환 같은 거 말이죠. 청각 장애인들을 위한 의사가 되는 것도 나쁜 생각은 아닐 거예요.

9월 3일에는 우리 반 친구들 모두와 함께 겔빅 씨의 장례식에 참석했어요. 우리 학교에 오래 계셨던 수위 아저씨 말이에요. 그 분은 열 살 때 학교에 와서, 일흔아홉 살에 학교에서 생을 마감 하신 거죠. 그분에게 붙여진 손말 이름은 '늘 시계를 들여다보 는 사람'이랍니다. 마지막 몇 달간, 그분 곁을 지켜 드렸지요.

겔빅 씨는 추억담을 들려주시면서, 제가 모르고 있던 많은 사실을 털어놓으셨어요. 그분한테 이타르라는 의사(아베롱에서 야생 상태로 자랐던 소년을 발견해서 데리고 온 의사랍니다. 전 에 이 의사에 관한 얘기 들어 보셨나요?)가 꾸민 음모에 관한 이야기를 들은 뒤로 저는 여러 차례 악몽을 꿨답니다. 이 의사 는 끈질기게, 무려 10년 동안 청각장애를 지닌 어린 학생들에게 청력을 돌려주겠다면서, 학생들의 코와 입으로 내시경을 밀어 넣었대요.

겔빅 씨는 나이가 그렇게 들고 나서도 그 고문을 떠올릴 때면 여전히 몸을 떨었다고 해요. 의사가 겔빅 씨 머릿속에 자신이 조제한 물약을 주입하고 나면 겔빅 씨는 며칠이고 계속해서 토하고, 어지러워서 복도에서 쓰러지곤 했대요. 우리 학교 교장이었던 그 잔인한 인물은 아이들의 귓속에 가성소다를 집어넣어 귀에 화상을 입혔고, 심지어 학생들 몇몇에게는 귀 뒤쪽을 망치로 때려서 두개골 골절까지 일으켰다더군요.

저는 이런 이야기들을 들으면서 전율을 느꼈어요. 가여운 겔빅 씨는 평화롭게 죽음을 맞이하기 위해서 그런 마음의 짐들을 내려놓을 필요가 있었을 거예요. 겔빅 씨가 한 이야기들 가운데에는 즐거운 이야기들도 있었답니다. 1805년에 교황 비오 7세가 학교를 방문했다는군요.

겔빅 씨는 당시에 장 마시외가 어떻게 '성인전(聖人傳)'을 수화로 읽었는지, 그리고 로랑 클레르가 그 수화를 보면서 어떻게 칠판에 그 내용을 적었는지, 그리고 교황이 그것을 보고 얼마나 감탄해 마지않았는지를 묘사해 줬어요. (기억들 하시죠? 로랑 클레르는 갈로데를 도와서 미국에 최초의 청각장애인 학교를 세웠던 청각장애인이랍니다.) 제 친구 카위젝과 함께 언젠가는 이 끔찍하고도 놀라운 이야기들을 모두 엮어서 책을 내겠어요. 청각장애인의 역사를 쓰겠어요!

이제 겔빅 씨가 가고 없는 지금, 누가 학교에 있는 괘종시계네 개의 시간이 틀리지 않게 신경을 쓸지 모르겠군요.

가족 모두에게 제 사랑을 전합니다.

—장

추신.

푸푸가 아프다고 하셨죠. 어떻게 그런 일이 생겼을까요? 이번 여름에만 해도 그렇게 신나서 뛰어다녔는데! 매일 비두를르 강으로 멱 감으러 갔었잖아요. 여덟 살밖에 되지 않았는데……. 하제를 써야 하는 걸까요? 누나, 푸푸의 병을 치료하는 데 필요한 모든 일을 해 주리라고 믿어. 고마워.

2002년 7월 12일

우리는 코카르드 도르(Cocarde d' Or) 황소 경기를 보러 아를르로 갔다. 이날 나는 살아서 돌아오지 못할 줄 알았다!

푸르네 부인은 내가 앞좌석에 앉아서 길을 알려 주기를 원했다. 그런데 푸르네 씨가 뒷좌석에 앉은 부인과 쉬지 않고 대화를 나누는 게 아닌가. 수화를 하기 위해 핸들을 놓을 뿐만 아니라, 부인이 뭐라고 답하는지 보기 위해서 끊임없이 백미러를 쳐다보았다. 푸르네 씨는 내가 바싹 얼어 있는 것을 보자, 핸들을 놓고 내 쪽으로 몸을 돌린 채 자기가 시력은 뛰어나다는 설명을 하려고 들었다. 그 순간 우리 앞에서 자동차 한 대가 갑자기 차선을 바꾸며 끼어들었다.

'이제 죽었구나.' 하고 미처 생각할 겨를도 없이 푸르네 씨가 브레이크를 밟으며 옆으로 비켰다.

나는 새파랗게 질렸다. 심장이 또 고약하게 굴었다. 알약을 삼켜야만 했다. 푸르네 부인이 남편 어깨를 토닥였고, 그 후로 푸르네 씨는 핸들에서 손을 떼지 않으려고 애를 쓰는 모양이었지만, 5분도 못 가서 곧 다시 이야기를 시작했다. 나는 어느 나이를 넘어서면서부터는 겁을 낸다는 것이 참으로 어리석은 일이라는 생각이 들었다. 그 경우, 얻는 것보다는 잃는 것이 더 많으니까.

마을은 온통 축제 분위기였다. 하지만 무척 더웠다! 우리는 미리 도착해서 그늘에 자리를 잡고 앉았다. 목동들이 속속 모여드는 동안 나는 휴대용 메모판에 푸르네 씨 가족의 질문에 답을 해 주었다.

나는 메모판에 '갈퀴'라고 불리는 물건을 그려서 보여 주었다. 황소 경기에 참가하는 선수들은 이 '갈퀴'를 사용하여 소의 정수리 부분에 끈으로 매단 작은 빨간색 리본과 하얀색 방울 술, 그리고 소뿔에 감아 놓은 줄을 낚아 올린다.

그러자면 선수가 황소 앞에서 달려야 하고, 달리는 속도를 늦추지 않으면서, 앞에서 달려가는 인간을 뿔로 받아 허공으로 날려 버릴 생각만 하는 황소의 두 뿔 사이로 팔을 뻗어야만 한다.

갑자기 음악 소리가 울려 퍼지더니 우아한 전통 의상을 입은 아를르의 여인들과 말을 탄 목동들, 그리고 맨 뒤에 흰 의상을 입은 선수들이 걸어서 경기장 안으로 들어온다. 웅성거리며 기다리고 있는 관중들 사이에서 대형 경기가 열리기 직전에 감돌기 마련인 그 특유의 흥분이 전해져 온다. 푸르네 씨 가족은 군중의 웅성거림을 듣지는 못하지만, 주변 사람들의 감정이 고조되어 감을 느끼고 있다. 세 사람 모두 눈이 반짝거린다.

경기가 시작된다.

첫 번째 황소가 나온다. '가제'라는 이름의 황소다. 푸르네 부인은 이 거대한 괴물이 관중석과 경기장 사이를 막아 놓은 방책을 뿔로 받으려고 다가오자, 불안한지 앙투안을 끌어안으려고 한다. 하지만 아이는 진지한 표정으로 몸을 빼낸다. 아이를 보니, 몸을 앞으로 내밀고 눈으로 황소의 날랜 발걸음을 좇다가, 황소가 다가오자 하얀 의상을 입은 선수들이 뿔뿔이 흩어져 달아나는 모습을 보고서는 깔깔거리며 웃는다.

하얀 의상의 날렵한 사내들이, 두 뿔 사이에 매달린 것들을 낚아 올릴 기회가 오기를 기대하면서, 황소를 유인하려고 춤추듯 움직이기 시작한다. 그들은 소뿔 사이에 걸린 것들을 낚아 올리는 데 성공을 하든 못하든, 목숨을 보전하기 위해 몸을 솟구쳐 붉은색 방책을 넘는다. 어두운 눈빛을 한 시커멓고 거대한 황소 앞에서, 몸놀림이 가벼운 하얀 의상의 선수들이 솟구쳐 날아오르는 광경은 아름답다. 어떤 사람들은 그 아름다움을 스포츠라고 일컫지만, 우리는 질주, '카마르그의 자유로운 질주'라고 부른다.


'아를르캥'이 들어온다. 검은색 털이 반들거리고 강력한 힘이 느껴지는 황소다. 선수 한 명이, 키가 크고 아주 날씬한 갈색 머리의 젊은이가 황소의 두 뿔을 마주 보며 자리 잡는다. 그런 다음 커다란 곡선을 그리며 황소를 트랙 위로 유도한다. 그가 황소의 속도에 맞춰 달리는 모습은 완벽한 조화를 보여 준다. 시간이 멎은 듯하다.

황소가 젊은이를 들이받을 것 같은 순간, 황소 콧방울이 젊은이에게 닿으려는 찰나, 몸을 솟구친 젊은이가 관중석 한가운데로 떨어져 내린다. 우레 같은 박수 소리.

앙투안이 내 팔을 건드리더니 내게 황소와 선수를 가리켜 보인다. 그러고는 둘이 서로 말을 나누고 있는 중이라고 수화로 말한다. 질문이 아니라 확신하는 말투다.

어떻게 아는 거지?

이 아이는 인간과 황소 사이에서, 바로 우리 눈앞에서, 뭔가가 벌어지고 있다는 것을 어떻게 알아차린 걸까? 우리 선조들이, 선사시대 사람들이 알고 있었을 것, 말이나 늑대와 대화를 나누는 사람들이나 몇몇 목동들이 알고 있는 것을 말이다. 마법 같은 한순간 동안, 인간은 동물의 머릿속으로 파고들어 가서, 그 자신이 야수가 된다.

모든 것이 정지 상태다. 갈색 머리의 젊은이는 깊은 묵상에 잠긴 채, 황소에게서 신호가 오기를 기다리고 있다. 그만이 유일하게 그것을 간파할 수 있다. 다른 선수들이 맹렬한 속도로 뛰어, 꼼짝 않고 있는 황소 앞을 지나다니지만 황소는 무심하다. 경기장에 있는 모든 사람들이 갈색 머리의 선수가 움직이기를 기다린다. 아니나 다를까, 황소가 그 젊은이를 보더니 그 뒤를 쫓으며 달리기에 휘말려 든다. 마치 둘이 비밀스럽게 약속이라도 한 것처럼, 서로가 서로를 선택하기라도 한 것처럼 말이다.

앞에서 달리고 있는 젊은이와 닿을 만큼 거리가 가까워지자, 황소는 뿔로 받아 버리려고 목을 길게 뽑는다. 그 순간 갈색 머리 젊은이가 팔을 뻗어 뿔 사이에 엮어 놓은 끈을 낚아챈다. 푸르네 씨 가족은 지금 흐르는 이 음악 소리를 듣지 못하지만, 나에게는 그들이 느끼는 감정이, 두려움과 즐거움이 뒤섞인 그 감정이 전해져 온다.

잠시 후, 황소와 함께 계속 달리던 젊은이가 황소의 이마에 손을 갖다 댄다. 관중들이 그의 이름을 외쳐 댄다.

"사브리 알루아니!"

그가 관중석을 향해 몸을 솟구치는 순간 황소의 뿔이 바지 자락을 찢어 놓는다. 내 기억 속에서는 다른 이름들이 울려 퍼진다. '앙드레 솔레르! 자키 시메옹! 파트릭 쇼멜!'

그리고 나는 지중해 건너편에 뿌리를 두고 있는 저 젊은이를 바라본다. 그 또한 천년을 이어 오는 춤의 예술, 황소와 더불어 유희를 벌이는 이 예술을 알고 있다. 예술가가 죽음의 위험을 견뎌야 하는 이 위험한 예술을……. 저 젊은이는 여러 세대를 이어서 우리 고장에 전해 내려오는 동작들을 완벽하게 다시 보여 주고 있지 않은가. 행복하다.

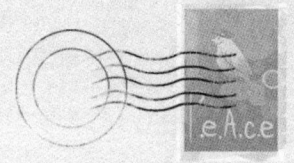

**마리에트 누나**

아버지 말이 옳은 것 같아. 푸푸에게 그런 병을 옮긴 건 진드기겠지. 나는 우리 개 푸푸가 장난치고 노는 것을 좋아하는 개였다는 기억만을 간직할 거야. 푸푸를 자두나무 밑에 묻어 줘서 고마워, 누나. 봄에 갈 수 있으면 좋겠어. 그때면 장밋빛 눈이 내린 것처럼 자두나무 꽃잎들로 수북이 덮여 있겠지. 무척 아름다울 거야.

어머니, 아버지. 자주 편지를 쓰지 못하고 있어요. 매일매일 이 무척 바쁘답니다. 그렇긴 해도 이 말만은 드려야겠어요. 제가 청각장애를 갖고 있는데도 저를 그토록 사랑해 주셔서 고맙다는 말이요. 청각장애아를 자식으로 둔 부모들 가운데 보살핌도 교육도 베풀지 않고 방치하는 사람들이 많다는 것을 잘 알고 있어요. 많은 사람들이 청각장애아들은 지능도 영혼도 타고나지 못한다고 생각하니까요. 아버지, 정말로 감사드려요. 청각장애인에게 교육의 기회를 제공하는 곳을 고집스럽게 찾아다니셨고, 또 제 학비를 대느라고 그토록 힘들게 일하셨잖아요. 이제 학업을 모두 마치고, 열일곱을 바라보는 나이에 학교의 보조 교사로 임명을 받은 지금, 어머니, 아버지를 부모로 두게 해 주신 하느님께 감사드립니다.

어머니, 제가 늘 멀리 떨어져 있다고 울지 마세요. 전 가르치는 일이 아주 좋아요. 제가 가르치는 학생들이 발전하는 모습을 보면 청각장애아 교수법 개선을 위해 할 일이 많다는 제 생각이 더욱 확고해집니다.

생자크 학교에 입학하여, 재빠른 손놀림으로 이야기를 나누며 즐거워하는 아이들에게 둘러싸였던 그날 이후로, 전 제가 그 아이들과 더불어 특별한 민족의 일부라는 사실을 깨달았어요. 바로 수화를 언어로 사용하는 민족이지요. 상급생들 가운데 한 명인 알리베르, 제가 알리베르에 대해서는 이미 말씀드렸었죠. 알리베르는 이런 말을 하더군요.

"이 언어는, 숨을 쉬자면 공기가 필요하듯이 우리 지능에 반드시 필요한 거야."

유럽 여기저기에서 농아인들을 상대로 말을 가르치려고 시도하고 있다는 사실을 아세요? 정말이지 아무런 의미도 없는 행위지요.

고등학교 1학년 때 팔콩 신부의 발성 수업을 거부했다고 해서 퇴학당할 뻔했던 일이 생각납니다. 신부와 무릎이 맞닿을 만큼 바짝 마주 앉은 상태에서, 그 불그스름한 얼굴이 코에 닿을 듯한데, 신부는 내 왼손을 억세게 잡아채서는 툭 튀어나온 자신의 목젖에 갖다 대고, 오른손은 내 목에 갖다 대게 합니다. 그러고는 악취 풍기는 끔찍스런 입을 벌리는데, 생각만 해도 숨이 막혀 오네요! 신부는 소리를 지르고 손짓을 해 댔죠. 그 혀, 그 목젖, 그 거뭇거뭇한 이를 보면 역겹기 짝이 없었어요. 그래도 전 얼굴을 찡그려 가며 제 목구멍에서 소리를 끌어내려고 노력했고, 목이 죄어듦에도 신부의 기분을 맞춰 주려고 애를 썼지요. 하지만 아무런 소리도 나오지 않았어요.

기억하세요? 그때 절 보고 반항적이라고들 했죠. 오늘에야 그때 정말로 무슨 일이 벌어졌는지를 말씀드리지요. 발성 교육에 거의 아무런 진전이 없자 팔콩 신부는 어느 날 인내심을 잃고 저를 때리더군요. 그래서 전 칠판으로 가서 이렇게 썼어요.

"안 함. 거부함."

며칠 동안 벌로 마른 빵만 먹고 난 뒤, 저는 또 이렇게 적었어요.

"신은 제게 말을 주지 않으셨습니다. 신이 제게 다리를 주지 않으셨다면, 그래도 신부님은 제게 달리라고 강요하시겠습니까?"

그 뒤로 다시는 '말'을 하지 않았어요. 더구나 정상인들은 청각장애인이 '말을 해도' 전혀 이해하지 못하잖아요. 그들은 이렇게 말하죠.

"짐승 소리를 내는군."

전 제 작은 칠판에 글로 적는 것을 더 좋아합니다. 아니면 지금 제가 부모님께 얼마나 고마워하고 있는지 말씀드리기 위해서 사용하고 있는 이런 편지지 위든가. 아버지 건강이 좋아지셔야 할 텐데요. 마쏭 의사 선생님은 이제 아버지를 치료하기에는 너무 나이가 많지 않나요? 님에 있는 의사 선생님을 보러 가는 게 더 낫지 않을까요?

답장이 오기를 애타게 기다리면서.

—장

## 2002년 7월 21일

오늘 푸르네 씨 가족이 집들이를 하였다. 정원
에서 파티를 열었는데, 나도 초대받았다. 나는 토마토를 자
르고 상을 차리는 것을 도우려고 일찍 갔다. 나는 푸르네 부
인에게 피망 오븐 요리를 가르쳐 주었다. 우리는 둘 다 연신
웃는다. 나는 손짓 발짓을 하고, 사서 들고 온 작은 칠판에
글을 적는다. 우리는 결국 상대방의 말을 이해하게 된다.

앙투안은 내게 응접실 흰 벽에 압정으로 눌러 놓은, 자신
이 그린 커다란 그림을 보여 주었다. 경기장을 나타내는 밝
은 황토색 타원, 경기장을 둘러싼 붉은색 방책, 관중석을
메운 알록달록한 옷차림의 군중들이 있고, 오른편엔 검은색
소가 날씬한 다리로 버티고 서서 머리를 당당하게 쳐든 채

어딘가를 바라보고 있다. 소는 무엇을 보고 있을까? 앙투안은 사람들에게는 색을 입히지 않았지만 황소의 콧방울 앞에서 날아오르는 새들에게는 흰색을 입혔다. 새들이라! 거의 보랏빛으로 물든 하늘을 배경으로. 앙투안은 우리 넷이 관중석 어디쯤에 앉아 있는지를 가리켰다. 이 아이가 타고난 재능은 놀라웠다. 학교가, 인생이 아이가 지닌 시선의 민첩함과 손의 자유로움을 망치는 일이 절대로 벌어지지 않기를!

파티에 온 사람들은 서른세 명이었다. 그리고 그 가운데 적어도 열 명 남짓은 아이들이었다. 앙투안은 아이들을 데리고 다니면서 정원을 보여 줬고, 울타리 쪽으로 어슬렁어슬렁 다가오는 황소들을 구경시켜 줬다. 도시 출신 꼬맹이들은 "무서움"이라는 수화를 했고 앙투안이 "무서움, 아냐"라는 수화를 했다. 나는 이 통통 뛰듯 하는 한 무리의 아이들을 눈여겨보았다. 그 작은 손들을 빠르게 놀리는 것을 보고 있자니 무척 즐거웠다. 그리고 아이들은 웃고 있었다! 나중에 알게 됐는데, 그들 가운데 네 명은 들을 수 있는 아이들이었다. 그러니까 '2개 언어 사용자'였다. 만약 아이들이 영국인이거나 혹은 이탈리아인이면서 프랑스어를 말했더라면 난 그걸 정상으로 여겼을 것이다. 하지만 아이들이 너무나 자연스럽게 손말에서 입말로 넘어가는 것을 보고 있자니, 내게는 기적처럼 여겨졌다.

어떤 젊은 엄마는 6개월짜리 갓난아이에게 수화로 말을 걸고 있었는데, 어느 순간엔가 갓난아이 역시 수화로 반응을 보인다는 느낌을 받았다. 그것을 보며 깜짝 놀라자 로랑스가 갓난아이들은 입말보다 손말을 더 빨리 배운다고 내게 가르쳐 준다. 세상에, 저런! 나는 이제 겨우 몇 단어를 수화로 할 뿐인데, 어찌나 놀랐는지 모른다!

모든 손님들이 다 모여 있을 때는 소음이 제법 만만치 않았다. 청각장애인들도 꽤나 소란스럽다. 하지만 그렇다 해도 그들에게는 전혀 방해가 되지 않는다. 어여쁜 통역사 로랑스와 나, 그리고 에르베르는 그렇지 않지만.

에르베르는 푸르네 부부의 친구 남편으로 건청인이지만 독일계 스위스인이라서 프랑스어를 스무 단어나 알까 싶다. 그러니 내가 말을 걸어 봤자 전혀 이해를 못해서 우리는 서로 이야기를 나눌 수 없었다. 에르베르는 수화에 아주 능했다. 식사 중간에 그가 일어나서 스위스에서 유행하는 우스갯소리를 들려줬다.

어떤 스위스의 농부가 관광객이 시간을 물어 오면 암소의 배 밑으로 고개를 숙여 보고 나서 정확한 시간을 알려 줬다. 그런 식으로 연달아 몇 번을 그러니 결국 관광객들은 감탄을 금치 못하면서 농부에게 그 비결이 뭔지를 물었다. 그러자 농부는 관광객들에게 당신들도 한번 암소 배 밑으로 고개를 숙여 보라고 했단다. 관광객들 눈에 과연 무엇이 보였을까? 바로 골짜기 쪽으로 보이는 마을의 종각 시계였던 것이다. 사람들이 죄다 데굴데굴 구르면서 웃어 댔다.

정자 아래에서의 식사는 아주 즐거웠고, 식사 중간 중간에 손님들이 보여 주는 작은 공연들이 끼어들었다. 시인인 폴레트는 자신의 시를 수화로 들려줬다. 내게 그것은 부드러우면서 동시에 격렬한 손의 춤사위였다. 그 시는 사람들의 마음을 움직였다. 열두 살 난 한 여자아이가 '까마귀와 여우' 이야기를 수화로 들려줬고, 나는 많은 단어들을 짐작할 수 있었다.

로랑스는 자크 브렐의 노래 〈늙은이들〉을 수화와 노래로 들려줬다. 풍부한 감정이 드러나는 로랑스의 얼굴과, 추가

왔다갔다하는 괘종시계를 묘사하는 그녀의 손동작, 그 모든 것이 훌륭하여 나는 가슴이 다 저려 왔다. 내 무릎에 앉아 있던 앙투안이 내 팔을 건드렸다. 앙투안은 내게 자기 말을 들어 보라는 신호를 보냈다. 아이는 눈 주위로 동그랗게 만든 손가락을 갖다 댔는데, 이것은 "날 봐요."라는 의미다. 앙투안은 내가 알약을 먹어야 한다는 수화를 했다. 앙투안이 옳았다.

식사가 끝나고 나서, 사람들은 나무를 깔아 놓은 댄스 플로어로 나가서 춤을 췄다. 푸르네 씨가 플라타너스 나무 아래에 미리 춤출 곳을 만들어 놓았던 것이다. 나는 음악을 크게 틀어 놓으면 소리의 진동이 바닥을 타고 사람들에게 전해진다는 것을 발견했다. 사람들이 춤을 추면서 즐거워하는 모습을 보니 나도 덩달아 기분이 들떴다.

선선한 산들바람이 비두를르 강에서 불어 왔다. 해가 떨어지고 있었다. 줄줄이 매달아 놓은 형형색색의 전구에 불이 들어왔다. 행복했다. 나는 선선한 밤의 대기를 맛보며 집으로 돌아갔다. 나중에 앙투안네 가족이 그러는데, 다들 새벽 세 시까지 놀았단다! 젊다는 것은 멋진 일이다!

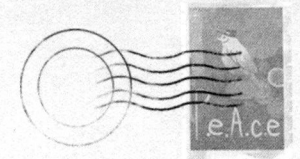

# 1875년 11월 14일

누나,

올해는 정말이지 너무나 우울하군! 어머니, 아버지가 더 이상
이 세상 사람이 아니라는 게 실감이 나질 않아. 어머니는 1월에,
아버지는 9월에 돌아가셨지. 두 분의 죽음이 얼마나 급작스러웠
는지, 나는 뒤늦게 무덤으로 찾아뵙고 그저 눈물을 흘렸을 뿐이
야. 앞으로는 집에 들려도, 내 파리 생활에 대해 누나가 들려주
는 이야기들을 들으시면서, 테라스에서 햇볕을 쬐고 계시는 두
분 모습을 뵐 수가 없겠군.

누나, 난 누나 때문에 걱정이야. 누나는 스물두 살이나 됐는
데, 왜 결혼을 하지 않는 거지? 누나가 내 걱정 때문에 정상적인
생활을 하지 않는 게 아닌가 하는 생각이 들면 참을 수가 없어.
내 걱정은 할 필요가 없어. 이제 2년만 있으면 난 정식 교사가
되어 학교에서 안전하게 생활하게 될 테고, 내 삶은 굉장히 행

복해질 거야. 나는 누나의 인생도 그러기를 바라. 어머니, 아버지도 그러기를 원하실 테고. 그러니 내게 친절하고 믿음직스러운 매형을 찾아 달라고!

온 마음을 다해 누나를 포옹하며.

—장

추신.

외젠 슈브뢰이 선생님의 실험실에서 찍은 사진을 보낼게. 사진의 색이 바랠 수도 있으니까 그늘에 보관해. 슈브뢰이 선생님이 새로운 기법을 이용해서 내게 똑같은 사진을 두 장 뽑아 주셨거든. 내가 얼마나 컸는지 잘 보이지?

2002년 7월 23일

모리스와 나는 늙어서 뻣뻣해진 두 다리를 풀어 보려고 비두를르 강으로 가서, 강가를 따라 산책을 했다. 우리는 잠시 멈춰 서서 회색빛 왜가리가 강가에서 먹이를 낚는 것을 지켜보았다.

"저 왜가리가 얼마나 도도한 표정을 짓는지 봤는가?"

모리스가 말했다.

왜가리가 날아올랐다. 강을 가로질러 가는데, 몸짓이 무겁다.

"뱃속이 개구리로 가득한 모양이군."

내가 대답했다.

날씨가 기가 막혔다. 하늘이 어찌나 시퍼런지 머리가 다

83

어지러울 정도였다. 이른 아침인데 벌써 날이 더웠다.

"이놈의 매미들 시끄럽기도 하다! 저렇게 악을 쓰고 울어
대니 기온이 더 오르지!"

모리스가 말했다. 모리스는 늘 모든 것에 대해 이상한 설
명을 갖다 붙인다.

우리는 숲으로 들어갔다. 우리가 어렸을 때 시도 때도 없
이 인디언 놀이를 하던 장소다. 우리는 커다란 떡갈나무 아
래에 자리를 잡고 앉았다. 이 지역의 역사라면 세세한 것까
지도 꿰고 있는 모리스가 말을 꺼냈다.

"이 떡갈나무 말이야. 200살도 더 됐다는 거 알고 있나?"

"그렇게나 나이가 많아?"

"그럼. 그리고 이 나무가 예전에는 뭐라고 불렸는지는
아나?"

"아니."

"'목매달아 죽은 귀머거리의 나무'라네. 이상하지 않
은가?"

나는 아무 말도 하지 않았다. 왜인지는 모르겠지만 갑자
기 한기가 느껴졌다. 온몸에 소름이 돋았다. 숨이 막혀 오

는 듯했다.

"폴루, 어디 안 좋은가?"

"응. 이곳을 떠나세. 이 나무 밑은 너무 서늘하군."

"너무 서늘하다고? 자네, 아픈 게로군!"

"걱정하지 말게. 그런데 대체 왜 '목매달아 죽은 귀머거리의 나무'라고 부르는 건가?"

"나도 몰라."

모리스는 잠시 침묵을 지키고 있다가 말을 이었다.

"몇 년 전에, 내가 우리 마을의 역사에 대해서 글을 쓸 때 말이야. 이 나무 이름에 대한 궁금증이 인 적이 있었지. 나이 많은 페르 씨에게 물었더니, 자신이 알고 있다고, 지난 세기의 자료들을, 그러니까 편지들을 보여 주겠노라고 했다네. 그러다가 그만 돌아가셨고, 그래서……."

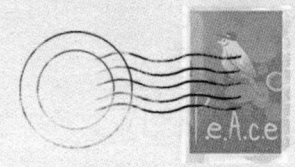

1878년 9월 13일

누나

누나와 함께 두 달을 보낼 수 있어서 너무 좋았어! 내가 곁에 있는 동안, 행복을 향해 나아가는 것이 얼마나 중요한지를 누나가 깨달았기를 바라. 게다가 결국엔 누나도 매일 웃으면서 지내게 됐잖아!

누나가 사랑했던 남자가 다른 여자가 더 부유하다는 이유 때문에 누나 대신 그 여자를 고르는 형편없는 행실을 보여 줬다면, 그 사람은 누나 옆에 있을 자격이 없어. 그 사람은 잊어. 누나의 장점을 알아줄 남자를 곧 만나게 될 거야! 내가 낙관론자라는 말은 하지 마. 나도 알 만큼 알고 하는 이야기니까.

커다란 떡갈나무 아래에서 내게 했던 약속 잊지 마. 우리 어렸을 때처럼, 그 나무 그늘 아래 있으니까 참 좋았지?

학교로 돌아오니 좋지 않은 소식이 기다리고 있었어. '구화

(口話)⁶⁾주의자들' 이, 그러니까 우리의 손말을 없애 버리고 말 못하는 청각장애인들에게 입말을 하게 하려고 악착을 떨어 대는 작자들 말이야. 이들이 다시 공격에 나섰어. 만국박람회가 열린 것을 이용해서, 청각장애인이라고는 단 한 명도 알지 못하는 주제에 청각장애인 교육에 관한 강연회를 개최했거든. 만약 어떤 의사가 환자를 본 적도 없으면서 그런 식으로 처신한다면, 사람들은 그 의사를 돌팔이라고 하겠지! 물론, 그 강연회엔 청각장애인은 단 한 명도 초대받지 못했어. 이 사람들은 청각장애인들을 교육하길 원하는 게 아니라 청각장애인들에게 강제로 말을 하게 하려고 드는 거야. 그 사람들은 우리를 보호하기 위해서라고 말하지. 하지만 우리에게 필요한 것은 보호가 아니야. 다른 모든 시민에게 그러하듯이, 우리를 존중해 주는 것이 필요할 뿐이야.

우리나라의 청각장애인 학교들이 독일이나 이탈리아의 학교들처럼 될까 봐 겁이 나. 독일이나 이탈리아 학교에서는 6년이라는 기간을 보내고 나서도, '마', '바', '라' 하는 소리를 내는

---

6) 언어 장애인이나 청각장애인이 특수한 교육을 받아 상대가 말하는 입술 모양 따위로 그 뜻을 알아듣고, 자기도 그렇게 소리내어 말하는 것.

것 말고는 배운 것이 아무것도 없고, 그저 거리 청소밖에는 할 줄 모르는 사람들이 되어서 졸업을 하지. 그들이 말하는 '보호'라는 게 이런 건가?

분노를 꾹꾹 눌러 참아야만 하겠지. 내가 어릴 때, 치미는 화를 참지 못하고 터뜨려 버리면 누나가 무척 난처해했던 생각이 나는군. 누나, 누나의 애정이 내게 얼마나 중요한지 몰라!

잘 지내고, 아름다운 가을 하늘을 마음껏 즐기라고.

누나에게 내 사랑을 보내.

—장

앙투안네 가족이 고기를 구워 먹자며 나를 초
대했다. 로랑스 역시 초대를 받고 왔다. 푸르네 부인과 로
랑스, 두 젊은 여인은 북쪽 벽을 등지고 놓여 있는 돌 의자
에 앉아 있다. 두 여인은 차분하게 수화로 대화를 나눈다.
둘 다 머리카락이 아직도 젖은 상태였다. 모두들 식사하기
전에 비두를르 강으로 멱을 감으러 갔다 왔기 때문이다.

앙투안은 엄마 발치에 앉아서 엄마 무릎에 머리를 올려
놓고 있다. 푸르네 부인은 한 손으로 앙투안의 머리를 쓰다
듬으면서 다른 손으로는 날 보고 가까이 오라는 손짓을 했
다. 나는 천 의자에 자리를 잡고 앉았다. 모든 것이 평화로
웠다. 젊은 여인의 얼굴이 어찌나 아름다운지 눈이 부실 지

경이었다. 검은 눈동자, 솟아오른 광대뼈, 붉고 윤곽이 또렷한 입술. 푸르네 부인의 얼굴을 보고 있으면 이탈리아 화가가 그린 성모의 모습이 떠오른다. 푸른빛의 잠자리가 잠이 든 앙투안의 복사뼈에 살며시 내려앉았다. 나는 곰곰이 생각해 보지도 않고서 느닷없는 질문을 던졌다.

"크리스틴, 언제 처음으로 자신이 청각장애인이라는 사실을 알게 됐지요?"

로랑스가 크리스틴의 손말을 입말로 옮겨 주었다.

"조금 늦게 깨달았어요. 저는 건청인 가족 품에서 태어났지요. 어려서는 다른 사람들이나, 가족들과의 의사소통에 뭔가 문제가 있다는 것은 느끼고 있었어요. 하지만 정확히 어떤 문제인지는 알지 못했죠. 나는 다른 사람들을 이해할 수 없었고, 그들은 나를 이해할 수 없었어요. 왜냐고요? 그들은 그들끼리만 소통했으니까요. 어땠냐고요? 아주 견디기 힘들었어요. 특히 크리스마스 같은 명절 때면 모든 사람들이 식탁에 둘러앉죠. 그러고 나면 저를 잊어버리는 거예요. 그들은 왜 웃었을까? 왜 입술을 움직였을까? 정말이지 짜증이 났지요. 왜 나만 따돌리는 거지? 견디기 힘든 분노가 끓어오르곤 했어요. 마치 눈에 보이지 않는 성채에 갇힌 것 같았어요. 이해하시겠어요? 그러고 나서는 제가 뭔가를 하려고만 하면 늘 이렇게 말하곤 했죠. '안 돼. 넌 할 수 없단다.' 이런 말은 제가 무엇을 하든지 제대로 하지 못할 거고, 아무것도 해낼 수가 없을 거라는 느낌이 들게 했어요. 하지만 대체 왜? 전 이해하지 못했어요. 그러다가 건청인 학교에 들어가게 됐고, 거기에 가서야 제가 다른 아이들 같지 않다는 것을 알게 됐지요. 수년간, 방과 후에 개인 교사와 발음 교정사의 도움을 받아 가며 공부를 했답니다. 그런 걸 통합 교육이라고들 하지요. 하지만 통합되려는 노력을 하는 것은 저 혼자였고 다른 학생들은 저를 밀어냈어요. 저는 혼자였어요, 혼자! 하지만 저는 제게 장애가 있다고 느끼지 않았죠. 제 안에 가득한 에너지와 지력을 느끼고 있었으니까요. 저는 그런 상황이 이해가 되지 않았어요."

"하지만 부모님이 크리스틴이 청각장애인이라는 사실을 말해 주지 않았나요?"

"부모님은 제게 '난청'이 있는 거라고 말하셨어요. 그래서 저는 잘은 아니더라도 들어 보려고 애를 썼지요. 하지만 되지가 않았어요. 아무것도 들리지 않았으니까요. 듣는다는 것, 잘은 듣지 못하더라도 듣는다는 것, 그게 대체 무엇일까? 제가 죄인인 양 느껴졌지요."

"저런! 죄인은 당신이 그런 고통을 겪게 만든 부모님인데!"

"그래요. 전 오랫동안 이 세상에서 귀가 먼 사람은 나 혼자일 거라고 믿었죠. 제가 처음으로 다른 청각장애인들을 만난 것은 열다섯 살 때였어요. 그때 저는 이렇게 생각했어요. '아, 저 사람들이 바로 귀머거리라고 불리는 사람들이로군!' 그 사람들이 어찌나 쉽게 서로 의사소통을 하는지 저는 홀린 듯이 바라봤답니다. 전 입술을 움직여서 그들에게 말을 걸어 봤지만 통하지가 않았어요. 그리고 그 사람들의 손짓이 내게는 중국말이나 다름없었고요! 다시 한 번 저는 외톨이가 된 셈이었죠! 저는 부모님이 저의 현실을 부정했다는 사실을 깨달았어요. 최근에도 어머니는 제게 이러시더군요. '너의 청각장애, 난 그걸 절대로 받아들이지 않겠다.' 그게 대체 무슨 말일까요? 어머니는 저를 있는 그대로 받아들이지 않겠다는 거 아닌가요? 어머니를 위해 안 된 일이죠. 이제 저는 개의치 않으니까요! 부모님이 요구해서 수

년 동안 노력을 기울였지만 저는 고작 '안녕하세요.', '됐어요.', '고맙습니다.' 정도를 말하게 됐을 뿐이고, 더구나제 입을 통해 나오는 그 말들을 저는 들을 수도 없는 걸요. 제가 처음으로 사귄 청각장애인 친구가 제게 수화를 가르쳐 줬을 때 저는 너무도 행복했어요. 하지만 부모님은 수화를 배우려는 노력을 절대로 하지 않으셨죠. 우리 부모님이 손이 없는 사람들도 아닌데 말이에요!"

크리스틴은 웃는다. 활짝 벌린 두 손을 뻗어 잠시 앙투안의 목덜미에 올려놓는가 싶더니 다시 들어 올려 움직인다.

"부모님은 '안녕하세요.'도, '사랑한다.'도, 심지어 앙투안이라는 이름까지도 수화로 표현하는 법을 절대로 익히지 않으셨어요. 저야 이제는 이래도 저래도 상관없지만!"

"공부를 계속했나요?"

"몽펠리에 대학에서 과학 공부를 시작했을 때 제게 믿기지 않는 일이 일어났어요. 지금은 그저 우스운 일쯤으로 넘길 수 있지만, 그때는 오히려 절망적이었다는 게 더 맞지요. 우리 실습 팀에 청각장애를 지닌 남학생이 한 명 있었어요. 저는 그 남학생이 마음에 들었지요. 하지만 불행하게도 그 남학생은 수화를 모르는 '구화를 사용하는' 장애인이었어요. 그 남학생은 제가 들을 수 없는 소리로 말을 했고, 사람들의 입술을 읽었지요. 그래서 저와 의사소통을 하기 위해서 제 입술을 읽으려고 애썼고, 저도 그 남학생을 위해서 똑같이 애를 써 봤지만 가능하지가 않았어요. 우리는 서로를 이해할 수가 없었어요. 우리 둘 사이에서는 아무런 일도 일어나지 않았답니다! 전혀, 아무 일도 말이에요! 저는 실망했죠."

"그럼 대체 수업은 어떻게 받았지요?"

"들을 수 있는 사람들은 우리가 수업을 따라가기 위해서 어떤 노력을 기울이는지 상상도 못 하죠. 책상 앞에 앉아서, 학생들을 마주 본 채로 똑똑하게 발음을 해 주고, 칠판에 핵심 사항을 또박또박 적어 주는 교수는 정말 드물어요. 교수들은 강의실에서 이리저리 걸어 다니고, 그러다가 수업이 끝나 버립니다. 그러면 청각장애인들은 하나도 이해하지 못하는 거죠! 심지어 어떤 교수들은 입을 손으로 막기도 해요. 오, 그 멍청이 같은 교수들! 정말이지 두들겨 패 주고 싶었다니까요! 그리고 이런 사실도 아셔야 해요. 건청인이라면 한 시간 내내 고개를 들지 않아도 필기를 할 수 있지만 청각장애인은 쓰기와 입술 읽기를 동시에 할 수 없다는 거요. 한 문장을 쓰기 시작하면 벌써 열 문장은 달아나 버리죠! 제 곁을 스쳐 갔던 수많은 대학생들 가운데에서 단 한 명도 수화로 말하지 못했어요. 이거 아세요, 폴루? 전 예쁘장하게 생긴 편이라서 남학생들이 저를 쳐다보고 미소를 건네곤 했어요. 하지만 제가 청각장애인이라는 걸 알게 되면 그 순간 후다닥, 다들 줄행랑을 놓는 거죠. 전 틀어박혀 지냈어요. 아주 불행했죠. 의욕도 없었고. 그 뒤 청각장애인을 위한 기술학교에 들어갔어요. 그런데 모두가 손으로 얘기하는 거였어요. 마침내 제 감옥 문이 열린 거죠! 제 불행도 끝이 났답니다. 그곳에서 미셸을 만났어요. 도면 그리는 법을 가르치는 선생이었죠."

크리스틴은 정원 한편에서 고기를 굽고 있는 미셸을 눈으로 찾는다. 크리스틴의 얼굴이 환히 빛난다.

"그와 함께 있으면서 이렇게 생각했죠. '내가 되고 싶은 것은 청각장애인 이외의 다른 것이 아니야. 청각장애인, 능력을 갖춘 청각장애인!' 전 조경학을 공부했고 이곳에 무공

해 채소밭을 꾸미고 싶어요. 전 이미 조합의 회원이랍니다. 혹시 절 돕고 싶은 생각 없으세요, 폴루?"

"물론 그러고 싶어요. 하지만 이렇게 나이를 먹었으니 내가 할 수 있는 일이라고는 조언을 하는 것뿐일 텐데, 감자가 조언을 먹고 크는 건 아니잖아요?"

크리스틴은 웃음을 터뜨린다. 크리스틴에게 그녀의 웃음소리가 아주 듣기 좋다는 사실을 말해 주고 싶다. 앙투안이 헝클어진 머리로 잠에서 깨어난다.

1878년 10월 28일

누나

오늘은 내 삶을 송두리째 뒤흔들 사건이 일어났다는 것을 알리려고 펜을 들었어. 내 삶을 함께 나눌 여인, 반드시 그래야만 할 여인을 만났어. 그녀도 역시 청각장애인이고, 나처럼 청각장애아들을 가르치고 있어. 그녀가 얼마나 호감이 가는 사람인지 알게 되면, 누나 역시 내 선택이 옳다고 말해 줄 거야.

그 여자는 좀 더 완벽한 지식을 갖추려고 내 강의에 몇 번 들어왔었어. 그녀는 글을 아주 잘 써. 육체적으로도 정신적으로도, 상상할 수 있는 한 가장 아름다운 사람이야. 우리 학교 교장 선생님께서는 그 사람이 신입생들을 보살피는 것을 보고서 그녀를 우리 학교의 교사로 맞아들이기로 결정하셨지.

파네트는 열아홉 살이고 부모님은 노르망디 분들이셔. 성(姓)은 르나르. 사는 것은 유복한데, 내 느낌에 파네트의 부모가 파네트에 대해 큰 애정을 갖고 있는 것 같진 않아. 열 살 때 학교에 입학한 뒤로 가족을 만나러 집에 돌아갔던 적이 고작 두 번뿐인 데다가, 부모가 방문한 적도 아주 드물거든. 그래도 밝고, 명랑하고, 선량한 사람이야. 머리가 어찌나 좋은지 가끔 그녀의 생각을 따라잡는 것이 어려울 때도 있어.

솔직히 털어놓을게, 누나. 파네트가 맞은편 정원에서 여학생들을 데리고 놀아 줄 때, 난 망원경으로 그녀를 지켜보게 돼. 파네트를 만날 수 있는 때는 여섯 시부터 일곱 시까지 진행되는 아침 미사, 그리고 그보다 더 긴 시간이 걸리는 일요일 정식 미사야. 파네트는 늘 똑같은 기둥 곁에 자리를 잡고 앉아. 우리는 미사 시간 내내 계속 대화를 나누지. 하느님도 우리를 내려다보면서 우리 사랑을 지지해 줄 거라고 확신해. 학생들은 우리의 사랑을 지켜 주기 위해서 여러모로 애를 써 줘.

마리에트 누나, 누나에게 약혼자가 생긴다면, 돌아오는 봄에 우리가 함께 생나제르 예배당에서 같은 날 결혼식을 올릴 수 있을 텐데! 우리는 데이지 꽃이 만발한 가운데 건배를 할 테고. 내가 너무 순진하다고 말하지 마. 난 지금 삶에 대한 의욕이 꿈틀거린다고!

내 사랑을 전하며.

—동생 장

2002년 8월 30일

어제, 푸르네 씨 부부가 의사를 보러 가야 한다며 집으로 와서 앙투안을 봐 달라고 부탁했다. 비가 오고 있었다. 우리는 처마 밑으로 나가 비가 오는 것을 바라봤다. 앙투안은 그 축축하고 따뜻한 공기를, 한창 달궈졌던 대지에서 올라오는 먼지 내음을 깊숙이 들이마셨다. 나도 따라 했다. 나는 앙투안이, 거의 시커멓게 변한 하늘을 번개가 가르는 광경을 눈을 크게 뜨고 응시하는 모습을 찬찬히 바라보았다.

어린 앙투안아, 넌 번개가 친 뒤 울리는 천둥소리를 듣지 못하지만, 그 대신 나로서는 알지 못할 어떤 느낌들을 분명 갖겠지. 비가 와서 현관 계단 앞에 도랑이 생겨났고, 우리는 도랑물에 휩쓸려 떠내려가는 개미들을 한참 바라보았지.
넌 내게 '개미'라는 단어를 가르쳐 줬어. 그러고는 메꽃 잎
을 따서 물길 한가운데에 올려놓더구나. 개미 몇 마리가 그
잎에 매달렸고, 넌 사뭇 진지하게 바라보고 있었지. 앙투안,
무슨 생각을 했더냐? 나로서는 알 길이 없구나.


　집 안으로 들어간 우리는 도미노 게임을 하고, 나뭇조각
으로 괴상하게 생긴 성을 쌓고, 앙투안이 그린 수많은 그림
들을 감상했다. 그러고 나서 우리는 푸르네 씨가 거실에 설
치해 놓은 수족관 앞에 오랜 시간 동안 앉아 있었다. 그러
고 있는데, 푸르네 씨 부부가 들어왔다. 푸르네 부인은 행
복해 보였다. 그녀는 손가방에서 메모판을 꺼내더니 그 위
에 글을 적었다.
　"우리의 음악을 보고 계세요?"
　내 표정이 어리둥절해 보였는지 이렇게 덧붙였다.
　"물고기들의 춤을 보면서, 그 다양한 색깔, 서로 다른 형
태, 투명한 물속에 생겨나는 리듬을 보면서 전 음악이 어떤
것인지를 깨달았거든요."

나는 감동했다. 앙투안의 엄마, 크리스틴이 무슨 말을 하고 싶어 하는지 알 수 있었다. 내가 전과 같은 눈으로 수족관을 보는 일은 이제 다시는 없으리라.

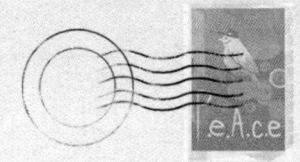

# 1879년 3월 4일

**마리에트 누나**

어제는 상급생 열 명을 데리고 르네 프랭스토[7]의 작품들을 보러 미술전시회에 갔어. 왜 이 화가냐고? 이 사람도 청각장애인이니까. 그는 힘과 재능이 넘치는 화가야. 그가 그린 말들을 보고 있으면, 콧구멍에서 거품이 부글거리는 모습 하며, 꼭 화폭에서 튀어나올 것만 같아. 내가 가르치는 학생들이 그 화가의 작품을 보고서 자신들의 재능을 계발하려는 용기를 냈으면 싶었어. 어떤 사람들은 사진이라는 신기술의 출현이 그림의 죽음을 알리는 조종(弔鐘)이 될 거라고 생각하더군. 나는 그렇게 생각하지 않아. 그 어떤 것도, 화가가 그림을 통해 보여 주는 힘이나 부드러움을 대신할 수는 없지. 아주 즐거운 날이었어. 비록 파네트가 곁에 없어서 내내 아쉽긴 했지만.

마리에트 누나, 외출도 하고 그래. 사촌들과 함께 산책도 하

102

고. 많이 힘들고 지칠 때는 아름다움이 우리에게 힘을 불어넣어 주잖아.

우리의 감정과 우리의 생각을 그토록 충실하게 통역해 주는 우리 언어에 비난이 쏟아지고 있는 불안한 시기이지만, 어쨌든 용기백배해서 학교로 돌아왔지.

누나에게 내 사랑을 보내며.

— 동생 장

---

7) 19세기 프랑스의 유명한 동물화가. 청각장애인.

## 2002년 9월 8일

지난 일요일에는 자정부터 시작된 비가 하루 종일 내렸다.[8] 굵은 빗방울이, 끝도 없이. 빗물이 골목길을 따라 콸콸 흘러내려 갔다. 마을 할머니들은 미사에 참석하는 것을 일찌감치 포기하길 잘했다. 길을 나섰더라면 빗물에 쓸려 갔을 테니까!

모리스가 와서 함께 식사를 했다. 우리는 온갖 자질구레한 이야기를 나눴다. 모리스는 내게 수화로 표현할 수 있는 단어들을 보여 달라고 했다. 그러고는 나를 흉내 내려고 애를 썼다. 우리는 킬킬거리며 즐거운 시간을 보냈다. 모리스

---

8) 비두를르 강은 예로부터 잦은 홍수로 주변 도시들을 침수시켰다. 이 소설의 배경인 소미에르 지역에도 2002년 9월 9일에 실제로 큰 홍수가 나서 마을이 온통 물에 잠겼다.

가 내게 말했다.

"이보게, 폴루. 우리는 이제 이도 빠지고, 머리카락도 다 빠졌지. 우리가 젊은 시절에서 건진 게 있다면 그건 바로 웃음이야!"

"그건 그래! 요전 날 꿈을 꿨는데 말이야, 마을에 묘지가 두 군데 있더라고! 하나는 슬픈 묘지, 다른 하나는 우리 같은 익살꾼 노인네들을 위한 신나는 묘지……."

"거, 아주 좋은 생각인데. 시장에게 건의해야겠네!"

"나는 비석에 이렇게 쓰라고 할 거야. '가까이 다가와서 귀를 대 보시오. 내가 웃는 소리가 들립니까?' 모리스, 자네는?"

"생각 좀 해 봐야겠는걸……. 어쩜 두 묘지 사이에 묻혀야 할지도 모르겠군."

"아니, 왜?"

"자네도 잘 알다시피 내가 늘 희희낙락하는 건 아니잖은가!"

"아주 드물게만 그렇다고 할 수 있지."

"그러니, 발만……."

"발만?"

"그래. 발만 신나는 묘지에 묻고 나머지는 다른 쪽 묘지에 묻지 뭘!"

비는 그치지 않고 내렸다. 오후 다섯 시밖에 되지 않았는데 벌써 밤이나 다름없었다. 아직 9월 8일밖에 안 됐는데! 모리스가 집으로 돌아가려는 순간 전기가 나갔다. 모리스는 우산을 아무 데나 놔둔 탓에 우산을 찾을 수가 없었다. 할 수 없이 머리에 붉은 비닐봉지를 둘러쓰고 모리스는 집으로 돌아갔다.

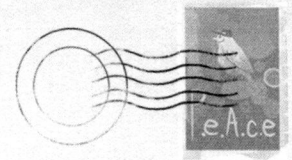

1879년 5월 12일, 일요일

누나

무척 흥분한 상태에서 이 편지를 휘갈겨 쓰고 있어.

오늘 하루 종일 파네트와 함께 파리를 돌아다녔어. 내가 이 데이트를 성공시키기 위해서 얼마나 많이 머리를 써야 했는지는 말할 필요도 없겠지. 하지만 난 이제 스물한 살이고, 어엿한 선생인지라, 사람들에게 신뢰를 받고 있어. 나는 우리의 수도 파리를 많이도 돌아다녔지만 파네트는 우리 동네밖에 모르고 있었어. 우리가 함께 지낸 하루는 너무도 눈부셨어. 우리는 우리가 얼마나 많이 걸어 다녔는지도 모른 채 계속 걸었어! 파네트는 뭘 봐도 감탄하더군. 우리는 노트르담 성당으로 들어가서 함께 기도를 드리고, 그곳에서 늘 함께 살자고 서로 약속했어.

센 강변에서 우리는 키스를 나눴지. 누나한테 이런 이야기를 털어놓는 것이 신중해 보이지 않을 수도 있겠지만, 내 친구이기도 한 누나한테가 아니라면 이런 이야기를 누구에게 할 수 있겠어? 지금 내가, 책에서 말하는 '사랑'이라는 상태에 빠져 있다는 걸 인정해야겠어. 그래, 그래, 이건 물론 사랑이야! 기뻐해 줘. 누나는 늘 나의 행복을 원했으니까. 난 누나도 이렇게 강렬한 감정의 고양 상태를 다시 맛보게 되기를 바라. 물론 이번에는 그럴 만한 가치가 있는 남자와 말이야.

누나한테 한 가지 부탁을 해도 될까? 나를 위해 파네트의 부모님께 편지를 써서 정식으로 청혼을 해 주겠어? 교장 선생님께서도 내가 정신적으로 건강한 젊은이이고 평생 파네트를 부양할 거라는 사실을 확인해 주는 편지를 한 통 써 주실 거야.

실현이 되려면 물론 아직 멀었지만, 그래도 누나에게 내 계획에 대해서 말은 해도 되겠지? 거의 꿈이나 다름없지만, 난 누나가 그 꿈을 함께 나누면서 행복해하리라는 걸 알아. 우린 파리에서 결혼식을 올리려고 해. 그 다음에 파네트와 함께 남부 지방으로 내려가서 청각장애아 학교를 세울 거야. 앞으로는 전국 곳곳에 청각장애인 학교가 생길 거야. 마르티니크 제도에도 하나 있다는 거 알아? 우리와 함께 섬에 가서 사는 건 어때?

누나의 기침이 멎었기를 바라. 난 사랑에 빠졌지만 그렇다고 해도 여전히 누나 생각을 많이 해.

누나에게 내 사랑을 보내며. 누나를 사랑하는 동생이.

*— 장*

추신.

지난번 편지에서 사촌들과 함께 마르세이유로 여행을 가려고

한다고 했지? 여행은 했어?

## 2002년 9월 9일

밤새도록 비가 내렸다. 참말이지 너무 우울한 아침이다! 시장에게 전화를 걸려고 했지만 전화가 불통이었다. 전기는 끊어지고, 도로는 온통 물에 잠기고, 도랑은 넘쳐흘렀다. 피에로가 자신의 말들을 놓아기르고 있는 목초지 아래쪽 작은 개울이 범람하는 것이 보였다. 개울물이 마치 바닷물처럼 파도치며 초지로 밀고 들어가 나지막한 담에 부딪혀 부서졌다. 돌담이 주저앉고 말았다. 물이 풀밭에 몰려서 있던 말들을 향해 밀려들어 갔다. 온통 어두컴컴한 가운데, 새하얀 말들의 모습이 어둠 속에서 또렷이 드러난다. 남자들 여럿이 울타리를 터 버리고는 말 세 마리를 고지대로 올려 보낸다. 물은 벌써 말들 가슴팍까지 차오른 상태였다. 악몽이다.

그러다가 갑자기 앙투안의 가족에게 생각이 미쳤다. 그 집 식구들은 이제 어떻게 되는 거지? 아니지. 그 집은 아무런 위험이 없다. 우리 집안에 전해 오는 기록에 따르면, 그 집이 물에 잠겼던 적은 한 번도 없었다. 1901년과 1958년 홍수 때, 부엌에 물이 조금 들어왔던 기억만 빼면. 하지만 집 주변 목초지의 가축들은 어쩌지? 어린 앙투안과 그 아이가 느낄 외로움과 공포에 생각이 미쳤다. 만약 가축들이 물에 빠져 죽는 모습을 아이가 보기라도 한다면? 그러자 심장에 엄청난 충격이 왔다. 나는 혼잣말을 했다.

"이보게, 노인네. 아니야, 지금은 '심근경색'을 일으킬 때가 아니라고. 나중에, 나중에 하게나."

그러고는 알약 두 알을 삼켰다.

모리스는 뒷집에 살고 있다. 나는 욕실 문을 열고 냅다 소리를 질렀다.

"모리스! 모리스!"

"엉! 무슨 일인가?"

"자네 좀 건너올 텐가? 걱정이 되어서 그래."

"자네 좀 뭐라고?"

"건너오라니까. 안마당을 가로지르라고!"

"돌았구면. 다 젖게 생겼잖아!"

그러더니 5분 뒤에 도착했다. 머리에는 여전히 그 붉은 비닐봉지를 뒤집어쓰고, 신발은 푹 젖은 채로, 바지는 조개잡이 어부처럼 정강이까지 걷어붙인 모습이다.

"모리스, 어떻게 하면 좋겠나?"

"뭘 어떻게 해? 나야 우산을 찾아야겠고, 그러고 나면 각자 따뜻하고 마른 장소에 편히 자리 잡아야지. 그거면 된 거지. 아니, 그걸 물으려고 나보고 이 폭우를 뚫고 나오라고 한 건가?"

"내 청각장애인 친구들을 위해서 뭘 해야 하냐고. 그리고 저지대 목초지는? 생각해 봤나?"

"생각들 해 보겠지. 젊은 친구들이……."

"글쎄……. 이렇게 아무 일도 하지 않고 가만히 있을 수는 없어, 모리스. 우리 둘의 몸을 밧줄로 묶는다면 시청까지 갈 수 있지 않을까? 물이 점점 차오르고 있어. 거리에 주차해 놓은 자동차들을 의지해 가면서……."

"자네가 그러고 싶다면 해 볼 수야 있지만, 만약 물살에 휩쓸리면 무슨 일이 생길지는 알고 있나?"

"아니."

"물에 빠져 죽은 얼간이 노인네 둘이 되는 거지 뭐."

모리스가 옳았다. 하지만 어쨌든 우리 둘은 서로의 몸을 밧줄로 묶고 밖으로 나갔다. 물은 무릎 위까지 차올랐다. 우리는 물살을 가르면서 시청을 향해 나아갔다. 한 번은 내가 미끄러졌지만, 쇼마네 지프차를 단단히 붙잡고 있던 모리스가 밧줄을 잡아당겨 준 덕분에 다시 일어설 수 있었다. 그러다가 우리는 갑자기 웃기 시작했다. 웃음이 터져 나왔다.

"어이, 얼간이, 대체 왜 웃는 거지?"

"그러는 자네는?"

"나야 우리가 젊어서 함께했던 그 모든 바보짓이 생각나서 그러지. 우리 꼬락서니를 한번 보라고!"

우리는 수달처럼 흠뻑 젖은 데다, 나는 베레모까지 잃어버렸다. 나는 일흔여섯 살, 모리스는 일흔다섯 살이다. 우리는 둘 다 대머리다. 그렇지만 우리는 열네 살짜리들처럼 웃어 댔다.

우리는 산악인들처럼 몸을 밧줄로 묶고서 시청에 도착
했다.

시장은 휴대폰을 갖고 있었다. 그는 푸르네 가족 생각을
이미 했던지라, 벌써 소미에르 지역 소방서에 전화를 걸었
단다. 하지만 소방관들은 그쪽 지역이 엄청난 재해를 입었
다고 전하고, 1층에 사는 주민들을 모두 대피시키는 중이라
고 했다. 어떤 사람들은 지붕 위에 올라가서 구조를 기다리
고 있는 상황이었다. 소방서에서는 일손이 너무 부족하니
까, 푸르네 씨 집이 지금 당장 위험한 것이 아니라면, 내일
헬리콥터를 타고 가겠노라고 말했다. 나와 모리스의 눈길이
마주쳤다. 더는 웃고 싶은 기분이 아니었다. 비는 계속 내
리고 있었다.

"적어도 푸르네 씨 가족이 철조망을 끊어 줘야 하는데.
그래야 황소들이 고지대 초원으로 올라갈 수 있지. 아마 물
이 거기까지는 닿지 않을 텐데."

"그 사람들은 어떻게 외부와 연락을 하나요?"

모리스가 눈을 둥그렇게 뜨고 나를 바라보는 가운데, 나
는 시장에게 대답했다.

"주로 컴퓨터로 합니다."

"그래요. 하지만 전기가 끊어졌잖습니까, 카스탕 씨."

"그 집에 내가 놔두고 나온 작은 발전 장치가 있어요. 그 장치로 오래 버틸 수야 없겠지만, 어쨌든 발전 장치를 가동시켰을 수도 있으니, 메일을 보내 봐야죠."

"메일 주소는요?"

"집으로 데려다 주시오. 집에 주소가 있어요."

그 말을 듣는 순간, 모리스는 뒤로 나자빠질 뻔했다! 언젠가 앙투안이 연습장에다가 그림을 그렸는데, 말을 탄 기수를 그리고는 그 그림 뒷장에 이메일 주소를 적어서 내게 보여 줬다는 사실을 모리스는 모르고 있었다.

"댁으로 데려다 달라고요? 하지만 어떻게요?"

"시장님 이웃이 사륜구동 지프차를 갖고 있지 않은가요?"

"그렇긴 하지만 그 젊은이가……."

"징발을 하세요, 시장님! 징발하시라고! 이건 죽느냐 사느냐의 문제랍니다!"


시청으로 불려온 그 젊은이가 어느 정도 당황해하는 모

습을 보니, 솔직히 고소했다. 날이 화창할 때에는 거대한 타이어에 도로가 패이게 신이 나서 지프차를 몰고 다니더니만, 폭우를 뚫고 갈 생각에 질렸는지 눈에 띌 정도로 벌벌 떨어 대지 않는가! 나와 모리스는 폭삭 젖은 채로 근사한 뒷좌석에 자리를 잡았다. 내가 운전사에게 말했다.

"모험을 무척 좋아하던데, 아주 만족스러울 게야."

아무런 대답도 들리지 않았다. 그 표정이 볼만했다! 우리는 집에 도착했다. 나는 주소가 적힌 종이를 갖고 나왔고, 그 젊은이가 우리를 다시 시청으로 데려다 주었다. 집에서 나왔을 때 난 젊은이의 손을 꽉 잡았다.

"고맙네. 이런 어려운 시기에, 자네 같이 믿음직한 젊은이도 있다는 사실을 알게 되어서 정말 기쁘군."

젊은이는 옹색한 미소를 짓는 둥 마는 둥 했다.

시장이 님에 사는 딸에게 전화를 넣었다. 그곳은 전기가 끊기지 않았고, 그곳 사람들은 이곳에서 무슨 일이 벌어지고 있는지 전혀 눈치를 채지 못하고 있었다. 시장은 딸에게 푸르네 씨 가족에게 서둘러 메일을 보내 안부를 물어보라고 했다. 그리고 답변이 오면, 그때 우리가 내용을 불러 줄 테니 다시 답을 보내라고 말했다.

푸르네 가족에게서는 곧 답장이 왔다. 컴퓨터 앞에서 기다리고 있었던 모양이었다.

"메일 보내주셔서 감사합니다. 저희는 잘 지내고 있어요. 곧 전기가 끊길 것 같아요. 지금으로서는 두려워할 일이 전혀 없지만, 가축들을 위해서는 어떻게 해야 할지 모르겠군요. 앙투안이 가축들이 곧 물에 빠져 죽게 생겼다고 합니다."

"이런 빌어먹을! 내 그럴 줄 알았어!"

"딸아이에게 뭐라고 답을 하라고 하죠?"

모리스와 나는 서로를 바라봤고, 우리는 둘 다 같은 생각을 했다. 푸르네 씨 가족에게 황소를 구해 내는 일에 목숨을 걸라고 해야 하는가?

"울타리를 따라서 땅을 돋아 놨으니까, 그 위로만 지나간다면 그렇게 위험하지는 않아요."

"물살이 무척 셀 텐데요."

"푸르네 씨 혼자서 가야 하고, 집에서 푸르네 씨 몸에 묶은 밧줄을 잡고 있어야 합니다."

"푸르네 부인이 힘이 셀 것 같지는 않던데요!"

"게다가 임신한 상태라오. 12월 초가 예정일이라고 하던데."

"아, 그래? 자네는 알고 있는 것도 많구먼!"

"아, 맞다, 도르래! 보트를 끌어 올리는 데 쓰는 도르래가 있지! 도르래에 몸을 묶어야 해! 집 안에 남아 있는 사람들이 핸들을 돌리면 푸르네 씨가 집으로 돌아오는 것을 도울 수 있으니까. 그 다음엔……."

"자네 이야기를 들으니 마치 영화의 한 장면을 보는 것 같군……."

"시장님. 우선 이렇게 적어 보내라고 하세요. 너무 위험하다 싶으면 가축을 구하려는 시도를 해서는 절대로 안 된다고요."

"알겠습니다."

시장은 내게 자신의 휴대폰을 넘겨주었다. 나는 넘에 있는 시장 딸에게 느린 속도로 말을 했고, 그녀는 그것을 전부 받아 적었다.

"뭔가 해 볼 만하다는 판단이 든다면 푸르네 씨가 반드시 몸을 묶고서 시작해야 합니다. 곳간에 밧줄이 잔뜩 있어요. 감김 롤러를 사용해서 묶어야 합니다. 요전 날 보니 차고에 놔뒀더군요. 그리고 성능 좋은 펜치를 갖고 가고, 울타리를 따라서 땅을 돋아 놓은 곳으로만 지나가는 겁니다. 그리고 말뚝 아랫부분의 철조망을 잘라야 해요. 철조망은 세 줄로 되어 있습니다. 제일 아래쪽 것부터 잘라야 합니다. 틀림없이 물에 잠겨 있을 텐데……."

시장이 몹시 불안해하는 표정을 지었다.

"푸르네 씨에게 너무 무리한 부탁을 한다고 생각하지 않으세요? 푸르네 씨가 철조망을 끊느라고 잠수를 하기 원하세요?"

"그 집 식구들은 뭔가를 할 수 있겠다 싶을 때라야 그렇게 할 게요. 경솔한 행동은 하지 않아요. 제가 잘 압니다."

"가축들이 얼마나 있죠?"

"약 30마리 정도……. 만약 물이 높이 차오른 상태라면, 내 생각에는, 소들이 땅을 돋아 놓은 곳에 몰려 있을 겁니다. 철조망을 끊어 낼 때마다 소들이 끊어 놓은 철조망에 발이 걸려서 넘어지지 않게 철조망을 잘 갈무리해야 하오. 그리고 장갑을 껴야 합니다. 푸르네 씨에게 장갑이 있어요. 잊지 말아요, 장갑!"

"그렇게 소리 지르지 않으셔도 됩니다. 제 딸아이 귀는 잘 들린답니다."

"소들이 땅을 돋아 놓은 곳으로 기어올라 오려고 할 때, 푸르네 씨는 말뚝에 꼭 붙어 있어야 해요. 소들이 놀라서 푸르네 씨를 깔아뭉갤지도 모르니까."

"그런데 그 가축들이 어디로 갈 것 같은가?"

"집 주변 풀밭이겠지. 제일 높은 곳이니까."

"그러니까 정원 말인가?"

"어…… . 꼭 그런 건 아니지만, 거의 비슷하네."

휴대폰에서 시장 딸의 목소리가 들려왔다.

"메일 보내기 누를까요?"

나와 모리스는 서로 바라보다가 대답했다.

"그럽시다. 하지만 아이들 생각부터 먼저 하라고 꼭 말해 주시오. 소들은 그 다음이라고. 알겠소?"

"그렇게 전하죠!"

시장의 딸은 이렇게 말하고는 전화를 끊었다.

우리는 기다렸다. 하늘은 개기는커녕 점점 더 어두워졌다. 시장 부인은 집에 없었고, 우리는 시장과 함께 초를 켜

놓고 점심을 먹었다. 계란 프라이, 빵, 소시지가 전부였다. 우리는 기다리고, 또 기다렸지만 아무런 전갈도 없었다, 전혀. 시장이 말했다.

"그러고 보니 제 휴대폰 배터리가 떨어진 모양입니다."

나는 이런 종류의 물건도 배터리가 떨어질 수 있다는 사실을 알지 못했다. 전기가 없으면 충전할 수가 없단다. 그렇다면 무인도에서 휴대폰을 갖고 있어 봤자, 바다에 집어던질 일밖에 없겠군! 거참, 재미있군. 첨단 과학이 날 실망시키는군.

나는 너무 신경이 곤두섰던 터라, 이웃 젊은이에게 우리를, 그러니까 모리스와 나를 집으로 데려다 달라는 부탁을 한 번 더 해 달라고 시장에게 청했다. 지프차 운전자는 이제 좀 예의를 알게 된 모양이었다. 그는 불안해 보였다. 우리와 이야기를 하고 싶어 했다.

"이 비가 아직도 한참 더 내릴 것 같으세요?"

"그럴 것 같소."

"텔레비전도, 전화도, 전기도 없이 이렇게 고립되어 있으니 이상하군요. 수도에서 나오는 물 색깔 보셨어요? 밤색이

더군요."

"봤소. 젊은 양반이 아니스 술에 물을 타지 않고 그냥 마셔야 되게 생겨서 걱정인 게로군!"

모리스가 새침한 표정으로 받아쳤다.

나는 집에 도착하여 알약을 한 알 삼켰다.

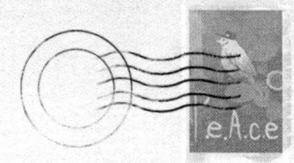

# 1881년 2월 20일

## 누나

누나도 알다시피, 나는 지난번에 사진을 찍어 본 이래로 이 놀라운 신기술에 완전히 반해 버렸어. 어떤 사람을 만났는데, 루 씨라고, 우리 학교 학생들 몇 명을 골라서 이 신기술을 가르치려고 하는 분이셔. 나도 끼어서 같이 배우려고 해. 난 이 일을 보면서, 청각장애인들도 신기술을 습득할 수 있다는 희망을 봐. 가르치는 일을 이렇게 좋아하지만 않았어도 나는 사진사가 되려고 했을 거야. 누나 생각은 어때?

그동안 나는 루 씨를 살살 구슬려서 학교 사진을 찍으러 오라고 권했고, 루 씨는 이달 초에 와서 사진을 찍었지. 덕분에 누나에게 파네트를 소개할 수 있게 되었네. 여기, 잘 안 보이는데, 여학생들에게 둘러싸인 사람이 파네트야. 머리 색깔이 갈색으로 보이지만 사실은 금발이라고. 그 미소와 다정한 태도가 너무나 마음에 들어. 바로 이게 파네트라고!

　루 씨는 파네트의 상반신 사진을 찍어 주겠다고 했어. 그 사진을 내가 갖고 있지. 내가 애지중지하는 사진이야! 소미에르에는 장에 오는 유랑 사진사가 없을까? 누나 사진을 갖고 싶은데. 그러면 파네트에게 보여 줄 텐데. 우리 셋이 때가 되기 전에 서로 만날 수 있는 좋은 방법 아니겠어?

　누나, 너무 사랑해.

—장

2002년 9월 9일

사방이 컴컴하지만 이제 비는 거의 오지 않는다. 마을의 중심지인 이곳은 높은 곳에 자리 잡고 있어서 물이 경사면을 타고 흘러내려 가지만, 저 아래는 지금 어떤 상황일까? 아무 소식도 듣지 못하고 기다리려니 안달이 난다. 아니, 저게 뭐지? 헬리콥터 아닌가? 북쪽을 향해 날아간다. 뒤에서 누군가 날 톡톡 친다.

"오! 모리스. 자넨가?"

"폴루, 대재난이라고. 정말로 대재난이야. 이곳을 빠져나갈 방법이 없군."

"푸르네 씨네는?"

"뻔하지 뭐. 아무 소식도 없어."

"아, 빌어먹을! 이렇게 계속 기다리고만 있을 수는 없지 않은가? 자네 아는 사람 중에 누구 배 가진 사람은 없나?"

"옆 빌라에는 여름에만 사람들이 와서 사는데, 그 집에 배가 한 척 있을 거야. 플라스틱 재질로 만들었든가, 뭐 그래. 그 배를 갖고 비두를르 강으로 낚시를 하러 가던데."

"우리 둘이서 그 배를 지고 나갈 수 있을 것 같아? 집 열쇠는 있고?"

모리스는 없다고 대답하고 싶은 모양이지만 입에서는 기운 없는 목소리로 "있어."라는 말이 나오고 만다.

"좋아. 그럼 그 파리 양반들 집으로 가서 배를 빌려 갖고 우리 집까지 저어 가자고."

"자네 집?"

"그러니까, 내 청각장애인 친구들 집 말이야! 무슨 말인지 못 알아들은 척하지 말라고!"

"폴루, 자네 돌았군!"

"빗줄기가 거의 잦아든 것 자네 눈에도 보이겠지! 비두를르 강 근처 작은 별장까지 가서 그 집 담벼락 위로 올라갈 수만 있다면, 저쪽에서 무슨 일이 벌어지고 있는지 보일 거야. 알겠지? 우리 둘이 100번도 더 함께 노를 저었잖은가.
모리스, 그렇게 쭈그러들 필요 없다고!"

"하지만 그때는 지금보다 쉰 살은 덜 먹었을 때고, 이런
난리통 속에서 노를 젓지는 않았지!"

"내 말 들어. 함 보세. 그 사람들, 그 파리내기들이 구명
조끼도 틀림없이 갖고 있을 거라고."

"참, 기운 나는 소리만 하는군!"

"자! 난 커피도 다 마셨겠다, 이제 가 보자고. 봐, 이젠
거의 해가 나네!"

"거의 해? 말 같지도 않은 소리!"


플라스틱으로 만든 배인지 뭔지, 무게가 거의 죽은 당나
귀만한 놈을 둘이 져 날랐다. 도로까지 나가니, 물이 찰랑
거렸다. 이런 광경은 본 적이 없었다. 내 평생, 단 한 번도.
온통 물 천지였다!

우리는 노를 저었다. 처음에는 아무렇게나 마구 저어 댔
는데, 그러다가 차츰 리듬을 되찾았다. 노를 젓다가 나무와
부딪혔는데, 우리는 둘 다 눈물까지 흘려 가며 웃어 댔다,

바보들처럼. 길에 서 있는 자동차 지붕까지 물이 차올랐다. 냉장고가 한가롭게 둥둥 떠가는 것이 보였다. 도로변의 집에서 나온 모양이다.

수심이 점점 깊어졌다. 비두를르 강이 가까워 오는 모양이었다. 하지만 별장 담 위로 올라갈 수가 없었다. 물에 잠겼기 때문이다. 적어도 수심 1미터 아래에 있는 모양인데, 어디쯤 있을지 감이 잘 오지 않았다. 우리는 거기서부터 더 나아가지 못했다. 그 별장 삼나무의 아래쪽 가지에 우리 배가 걸렸기 때문이다. 평소에는 그 가지 밑으로 30톤짜리 트럭들이 지나다닌다. 우리는 배를 가지에 묶었다. 그러고 나서 우리 집 쪽을, 아니, 그러니까 푸르네 씨 집 쪽을 바라봤다.

"망원경을 건네주겠나, 모리스?"

망원경을 눈에 갖다 댔다.

"이런, 제기랄!"

"폴루, 뭐가 보이는가?"

"큰일 났군! 큰일이 났어. 푸르네 씨가⋯⋯."

"뭐?"

"웃통을 벗은 푸르네 씨가 목초지 울타리에 매달려 있군.

물이 허리께까지 차올랐어. 물속으로 들어가는데!"

"그 양반 미쳤군!"

모리스가 외쳤다.

그렇다. 푸르네 씨는 물속으로 잠수했다. 철조망을 잘라서 갈무리하려는 것이 틀림없었다.

"철조망을 잘랐어. 잘린 철사 가닥을 물 밑에서 찾는 게지. 찾았다. 끝을 쥐고 잡아당기는군. 잡아당겨서 말뚝에 걸고 있어. 그 양반, 정말 용감하군! 또 다른 철사를 잘라서 말뚝에 감고 있어. 그러고 또 하나 더. 다 됐다!"

"뭐? 다 됐어?"

"철조망을 터서 이제 길을 만들어 놨어. 아니, 그런데 저 멍청한 황소들이 뭘 하고 있는 거지? 제일 높은 곳에 몰려서 있군. 송아지들은 물 밖으로 겨우 콧방울만 내놓은 상태로군. 두 눈을 미친 듯이 굴리고들 있는데."

"어디, 보여 주게나, 폴루!"

모리스가 망원경을 가로챘다.

"이런 빌어먹을! 저 멍청한 짐승들이 추위와 공포로 얼어붙은 모양이야. 옴짝달싹하지 않는군. 송아지들이 다 죽게 생겼네! 푸르네 씨가 소떼들한테 손짓 발짓 난리를 치는데도 먹히질 않아. 고집 센 당나귀 같은 놈들, 꼼짝을 않는군!"

"집 안에 있는 앙투안과 푸르네 부인은 보이는가?"

"아니. 아무것도 안 보여. 안 그래도 푸르네 씨가 집 쪽을 보고 손짓을 하는데. 밧줄을 잡아당기라고 하는군. 집으로 들어가려나 봐."

"당연하지. 암, 그게 제일로 잘하는 일이지!"

"그렇지. 밧줄이 팽팽해지는군. 저런 저런!"

"뭔가?"

"물살에 휩쓸렸어. 오!"

"뭐?"

"집에서 놓쳤나 봐. 푸르네 씨가 물에 빠졌어!"

"이런 젠장. 이런 부탁을 해서는 안 되는 거였는데! 게다가 괜히 헛고생만 했잖아! 오, 이 일을 어쩌나! 일을 저지른 거야?"

"푸르네 씨가 다시 일어서는군."

"아!"

"여전히 밧줄을 몸에 감고 있어. 밧줄을 붙잡고 나아가는 군. 간다. 앞으로 간다. 언덕으로 올라갔어. 됐다. 집으로 들어간다!"

"휴! 모리스, 내 주머니를 뒤져 보게나. 작은 플라스틱 병이 손에 잡힐 거야."

"그게 뭔데?"

"내 약."

"아니, 자네 약을 먹던가?"

"헛소리 말고 어서 찾아보라고!"

"아니, 그런데 왜 자네가 직접 찾지 않는 게지?"

"손이 덜덜 떨려서. 이거 보라고!"

"얼씨구, 노망이 났구먼! 자네, 꼭⋯⋯ 뭐 같은 줄 아나? 랩 춤 추는 애들 같다고!"

"어서, 알약이나 빨리 주게! 지금 더 이상 흥분하면 안 된다고. 알겠나?"

"그럼, 나는? 나는 그래도 될 것 같고?"

"오! 저게 뭐지?"

"조명탄 같은데!"

피웅!

"조명탄이 소떼 옆에 떨어졌어. 맞아. 집에서 쏘아 올리는 거야. 푸르네 씨가 쏘고 있군. 소들에게 겁을 줘서 움직이게 하려는 거로군."

"그래, 어떻게 됐어?"

"저런 바보 같은 놈들. 글쎄, 움직이지를 않아요!"

피웅!

"두 번째 조명탄이로군! 됐다. 움직이기 시작해. 헤엄치기 시작하는군! 아이구, 저런. 저지대를 향해 가고 있어. 어쩜 저렇게 멍청할 수가 있지!"

"조명탄을 또 쏘는군!"

"소들의 방향을 바꿔 줘야 해. 저 양반, 정말이지 기가 막히게 조명탄을 잘 다루는군! 믿기지 않을 정도야!"

"됐다. 울타리 터놓은 곳으로 몰려가고 있어! 소들이 기어올라 온다! 기어올라 와!"

"어디 보자! 그렇군. 지금 울타리를 통과하고 있어. 황소떼가 어린 송아지들을 짓밟지만 않으면 좋겠는데. 됐어. 전부 정원 담벼락 위로 올라섰어. 다리들이 모두 뻣뻣하게 굳었어. 추위에 얼어붙은 게 틀림없군. 송아지들은 바로 배 밑까지 물에 잠겼어. 푸르네 씨 집에도 물이 들어찼겠는데! 앙투안아, 늘 소떼 가까이 가 보고 싶어 하더니만, 계속 이 상태로 가다간 소가 거실 안으로 들어가게 생겼구나!"

"폴루, 지금 농담할 때가 아니야. 마을로 돌아가야 해."

"저길 봐. 푸르네 씨 가족이 창가에 나와 있군! 가지를 흔들어 봐! 여기 우리가 있다는 걸 알아보게 가지를 흔들어 보라고!"

"아니, 자네 미쳤나? 내가 가지에서 떨어지는 꼴을 보고 싶은 거야?"

"자, 이 방수복 받게나. 우리 둘이 방수복을 흔들어 보자 고. 이쪽을 보고들 있나?"

"응, 그런 것 같아. 신호를 보내는군."

"비두를르 강 쪽으로 얼마나 물살이 센지 봤지? 물에 잠 겼다 나타났다 하는 저 나무들은 또 어떻고. 저것 봐. 자동 차가 바다 쪽으로 떠내려가고 있어! 그리고 이 소리도 한번 들어 보게."

"무시무시하군. 푸르네 씨 가족들이 아무 소리도 못 듣는

133

게 천만다행이야. 나이아가라 폭포 같아. 폴루, 엄청난 희생
자가 나오게 생겼어."

"됐네. 이제 가자고. 물이 더 높이는 올라오지 않겠지. 가
축은 구했고, 소방관들이 내일 푸르네 씨 가족을 구출해 낼
거야. 물이 쉽게 빠지지는 않을 텐데. 다시 비가 오기 시작
하는군! 빌어먹을! 모리스, 올 때는 물살에 실려 왔지만 갈
때는 거슬러 올라가야 한다네. 그런데 노 저을 힘이 없을
것 같아."

"아, 내 그럴 줄 알았어! 늘 그 모양이라니까! 자넨 늘 앞
뒤 생각 않고 뛰어들고는⋯⋯. 물난리 한가운데에 갇혀서
이런 나뭇가지 위에 올라앉아 있으면 우리 꼴이 어떻게 보
이겠나? 어디, 얘기 좀 해 보라고."

"오! 모리스, 자네는 늘 자네 모습이 어떻게 보일지에 대
해 너무 생각을 많이 해."

"그게 무슨 소리야?"

"무슨 소린지 잘 알면서 그래. 만약 자네가 절름발이 여
자와 함께 있으면 자네 꼴이 어떻게 보일지에 대해 그토록
깊이 생각하지만 않았어도, 카르멘과 결혼했을 테고, 늙은

멧돼지처럼 혼자 살지는 않았을 거라고! 카르멘, 그녀는 참 예쁘고 똑똑했는데……. 그런데 자네는 아냐. 내 꼴이 어떨까…… 절름발이니……, 어쩌구저쩌구……."

깜짝 놀란 모리스가 턱을 긁으며 나를 바라보고 있었다.

"아니 50년이나 기다렸다가, 이제 나뭇가지에 올라앉아서 곧 물에 빠져 죽게 생기니, 그 이야기를 꺼내는 겐가?"

"그래. 이보다 더 좋은 장소도 시간도 발견하지 못했거든! 저길 보게나. 저기 모터보트를 타고 오는 사람들, 자원봉사자들 아닌가?"

"어이! 여기요, 여기! 우리를 봤네그려!"


우리는 마을의 젊은 자원봉사자들이 모는 모터보트 꽁무니에 우리 배를 매달았다. 그러고는 다시 출발하자니 쉽지가 않았다. 모터보트가 골골거렸다. 우리는 노를 저어 보려고 애를 썼다. 모리스와 나는 똑같은 생각을 하고 있었다.

'이 모터보트가 심근경색을 일으키는 일만은 없어야 하는데!'

마을 어귀에 도착하자 젊은이들이 플라스틱 배를 떼어

냈다. 우리는 배를 다시 끌고 갈 기운이 없었다. 그래서 커다란 무화과나무에 묶어 놓고, 노란 구명조끼를 입고, 장딴지까지 올라오는 물을 헤치며 걸어서 마을로 돌아왔다. 시장은 우리가 도착하는 모습을 보고는 우스갯소리를 늘어놓았지만 우리가 목격한 장면을 이야기해 주자 진지한 표정이 되었다. 시장의 휴대폰은 여전히 충전되지 않은 상태 그대로였다. 모리스가 말을 꺼냈다.

"사용할 수 있는 휴대폰을 징발해야겠소."

"어떻게요? 전기가 안 들어오니 방송을 할 수도 없는데요."

그 말을 듣는 순간 나는 아이디어를 내놓았다. 아니 늘 그렇듯이, 생각도 해 보기 전에 아이디어가 내 머릿속으로 뛰어들어 왔다고 표현하는 편이 더 정확할 것이다.

"우리 할아버지는 산림 지기셨는데, 동네에 알릴 일이 있을 때마다 나팔을 불면서 거리를 돌아다니셨어요. 내 나팔을 찾아오리다. 충전이 된 휴대폰을 찾아다 주지 못한다면 목이라도 매달겠소!"

그리하여 나는 여전히 구명조끼를 걸친 채로 길을 떠나게 됐다. 나는 할아버지의 나팔을 늘 봐 왔다. 쥘리에트는 여러 해 동안, 그 나팔을 번쩍거리게 닦아서 간수해 왔다. 나팔은 식당의 텔레비전 위에 걸려 있었다. 나는 나팔을 흔들어서 죽은 파리들을 다 떨어냈다. 그러고 나서 온 힘을 다해 나팔을 불어 봤다. 순간, 햇빛을 받으며 마을 광장에서 나팔을 부시던 할아버지의 모습이 떠올랐다. 나폴레옹을 닮은 동그란 얼굴의 호인. 내가 나팔을 불어 대자 사람들이 창문을 열고 내다봤고, 모리스가 소리를 질렀다.

"긴급 사태입니다! 긴급 사태! 시장이 소방관들과 연락을 취하기 위해서 휴대폰이 필요합니다."

마을에 정착한 지 얼마 안 되는 어떤 젊은 부부가 2층에서부터 휴대폰을 끈에 매달아서 내려 보내 줬다. 지하실에서부터 물이 차오르고 있어서 밖으로 나올 수가 없었기 때문이다. 그리고 의사 부인이, 끝으로 드루아트 가(街)에서는 소피 마르망드가 구슬 백에 넣은 자신의 휴대폰을 내주었다. 15분도 채 걸리지 않아서 우리에게는 휴대폰이 세 개나 생겼다!

"폴루, 봤어? 소피 마르망드가 휴대폰을 다 갖고 있네! 요즘 젊은이 같구먼!"

소피는 우리 동창이다. 그녀는 쥘리에트와 친한 사이였다. 모리스와 마찬가지로 일흔 넷이고, 도시에 나가서도 살았고, 아프리카에서도 살았으며, 평생 다양한 일들을 했다! 그리고 휴대폰까지 갖고 있는 멋쟁이이다! 소피는 은퇴하고 나서 엠마와 롤랑을 데리고, 그러니까 금발 머리 딸과 흑인, 아니 흑인 피가 섞인 아들을 데리고 마을에 다시 정착했다. 사람들은 그 사실을 놓고 몇 달씩이나 입방아들을 찧어 댔다! 소피는 그저 재미있어 했을 뿐이다. 이제 사람들은 더는 혀를 놀리지 않는다. 여름이면 소피는 환하게 빛나는 얼굴로, 다양한 피부색의 손자 손녀 네 명에게 둘러싸여서 마을 축제에 온다. 쥘리에트와 나를 제외하고는 그 누구도 그녀의 비밀을 모를 것이다.

시장은 소방관과 통화하는 데 성공했다. 소미에르 주변의 침수 지역에서, 지붕 위에 올라간 사람들 마흔 명을 헬리콥터로 구출했다는 것 같다. 소방관들은 더는 구조 활동을 펼칠 수가 없고, 날씨도 개는 것 같으니, 내일 아침에 와서 푸르네 씨 가족을 구해 내겠다고 한다.

텔레비전도, 라디오도 안 되고, 전기도 들어오지 않는다. 부엌에 작은 초 하나를 밝혔다. 집 안이 온통 음울하다. 푸르네 씨 가족이 생각난다. 푸르네 부인은 오늘 얼마나 마음 고생에 시달렸을까! 이러면 잠이 들까 싶어서 나는 쥘리에 트에게 오늘 있었던 일을 아주 세세한 부분까지 전부 이야 기해 줬다. 그러면 보통 잠이 들곤 했는데, 그게 늘 효과가 있는 것은 아닌가 보다. 비는 아침까지 쉼 없이 내렸다. 모든 것을 다 집어삼키려는 듯한 심술궂은 빗줄기였다. 나는 밤새도록 쥘리에트에게 말을 걸었다. 쥘리에트가 모든 것을 들어 줄 수 있는 지금, 난 아내에게 세상에 태어나서 얼마 살지 못했던 그 아이에 대한 이야기, 아내가 단 한시도 잊은 적이 없었던 그 아이에 대한 이야기도 한다.

1883년 6월 6일

누나

파네트의 부모가 또 다시 결혼을 허락하지 않았어. 그 뒤로 파네트를 만났는데 무척 슬퍼 보이고 야위었더군. 파네트는 내게 미소를 지어 보이려고 노력했지만, 그녀의 시선은 나를 두렵게 했어. 더 이상 아무런 희망도 갖지 않는 것 같아. 그녀의 이성까지도 흔들리는 것 같아. 한순간 그녀를 데리고 달아날 생각을 했어. 하지만 그러자면 파리를 떠나서 떠돌며 숨어 살아야 할 텐데. 그러면 우리는 어떻게 될까? 행복할 일이 별로 없을 거라는 건 확실해.

그래서 나는 파네트의 부모에게 편지를 보내고 또 보냈어. 그녀의 부모는 어떻게 딸을 이렇게 불행 속으로 빠뜨릴 수 있을까? 그녀의 부모는 이 땅에 청각장애인들의 수를 불릴 생각이 전혀 없다는 답을 내게 보내왔어. 그런데, 그 말은 앞뒤가 전혀 맞지 않아. 파네트는 티푸스를 앓고 나서 청각을 잃었고, 또 내가 가르치는 학생들 대부분이 나와 마찬가지로 정상인을 부모로 두고 있지.

난 많이 의기소침해 있어. 1880년에 개최된 밀라노 회의의 영향이 점점 뚜렷하게 나타나기 시작해서 더 그래. 정상인들은 우리를 침묵과 어리석음 속으로 몰아넣기로 확실하게 결심했더군! 사람들이 그러더라. 미국에서는 벨이라는 사람이 멀리 떨어진 곳에서도 서로 대화를 나눌 수 있는 기계를, '전화'라고 하는 것 같던데, 그런 기계를 발명했다고 사람들 칭찬이 자자하대. 그런데 이 인물이 청각장애인들이 아이를 가질 수 없도록 불임수술을 시행해야 한다고 선언했다는군. 미국마저도 더 이상 우리의 피난처가 될 수 없다면, 이젠 아무런 희망도 없는 거야.

나를 이끌어 주고 내게 희망을 줄 누나의 편지를 기다리고 있어.

누나에게 내 사랑을 보내며.

—동생 장

추신.

방금, 편지를 봉하기 전에, 이 유명하신 벨이라는 양반이 쓴 짧은 글을 하나 읽었어. 누나에게 보여 주려고 번역을 했어. 이 사람이 청각장애인들을 뭔가가 결여된 존재로만, 그리고 청각장애를 비극으로만 간주한다는 것이 놀랍지 않아? 할 수만 있다면 이런 편지를 하나 써 보낼 텐데.

"벨 씨, 내가 나의 근사한 직업을 계속 간직할 수 있게 해 주시고, 내가 사랑스러운 여인과 살게 내버려 두시오. 그러면 청각장애라는 것이 깔깔거리는 웃음으로 가득하다는 사실을 알게 될 겁니다!"

2002년 9월 10일

여덟 시, 모리스가 문을 두드린다. 우리는 함께 시청으로 간다. 해가 드디어 모습을 드러냈다.

"시장님, 그런데 구조대가 오기는 오는 거요?"

"아닙니다. 도착하려면 아직 멀었습니다. 아라몽으로 떠났거든요. 그쪽 둑이 터졌다는 것 같아요. 죽은 사람들도 있고."

평소에는 말을 술술 잘도 늘어놓던 모리스지만 이번에는 그저 이 말만 되풀이한다.

"이런 이런, 큰일이라면 이런 게 큰일이지!"

"하지만 푸르네 씨 가족이 그 집에 갇혀서 꼼짝을 못한 지 벌써 사흘이라오. 이젠 어쨌든 너무 오래 기다리게 한다는 생각이 들지는 않소?"

"그리고 가축들도 말이지, 먹지를 못하면……."

"오! 가축 이야기는 그만두세요. 사람들 문제만으로도 이
미 차고 넘친답니다!"

모리스는 입을 다물고, 이마를 잔뜩 찌푸린 채, 턱을 슬
슬 쓸고 있다.

"자네 생각엔 푸르네 씨 가족과 어떻게 연락을 취할 수
있을 것 같은가?"

"나도 모르겠어. 우리 대신 이메일을 보내 주던 시장 따
님 말이 이젠 연락이 안 된다고 하더군. 그러니까 푸르네
씨네 발전 장치가 돌아가지 않는다는 소리겠지. 학교 교장
에게서 푸르네 씨 휴대폰 번호를 알아내서 문자 메시지도
보내 보려고 했지만 역시 먹통이라네."

"다 닳았다는 소리겠지."

"뭐가?"

"전기가."

"확성기, 그건 아무짝에도 쓸 데 없고……. 멀리서 글
자가 보이게 하려면 글자 하나하나가 1미터는 되어야겠지.

그 집 식구들이 홀로 거기 있다는 생각만 하면 돌아 버리
겠어!"

"모스는?"

"무슨 모스?"

"모스부호로 연락할 수 있잖아. 알지? 틱틱틱, 탁탁탁."

"이 사람아. 그 집 식구들이 어떻게 자네의 그 틱틱틱,
탁탁탁을 듣겠는가?"

"내 생각엔 말이야, 손전등이나 거울, 심지어 두 팔만으
로도 신호를 보낼 수 있을 걸."

"아, 그래? 정말?"

"우리 집으로 가세. 전쟁 동안 우리 형이 레지스탕스에
있었잖은가. 형이 감옥에서 나오고 나서 내게 모스부호 책
자를 보여 준 적이 있거든. 어떻게 하는 건지 설명을 조금
주워들었더랬지. 그 덕분에 감옥에서 벽을 사이에 두고도
서로 연락을 할 수 있었다더군. 나는 물건을 버리는 법이
없잖은가. 어딘가 있을 거야."

모리스란 친구, 정말이지 기억력 하나는 대단하다! 우리
는 한 시간 동안 모리스네 헛간을 뒤져 댔다. 나는 촛불을

잡고 있었다. 모든 것이 연도 별로 분류되어 있었다. 퇴적층을 보는 듯했다. 모리스가 상자들을 뒤져 댔다. 내게는, 소용돌이치는 먼지 속에서 쑥 내민 모리스의 엉덩이만 보였다.

"됐어, 친구. 찾았어!"

"그래? 어떻게 하래?"

"어…… 여기 있다. 이것은 긴 소리와 짧은 소리로 만드는 알파벳이다."

"저런, 아무 소용이 없잖은가!"

"기다려 봐! 소리로만이 아니라 선, 색채, 빛으로도 만들 수 있다. 보라고, 여기 알파벳이 나와 있네."

"그런데 푸르네 씨 가족이 이걸 알고 있어야지!"

"아, 그거야 뭐! 한번 해 보는 거지. 모스부호를 모른다면 할 수 없는 거고."

"근데 대낮이니 어떻게 해야지? 빛으로 효과를 낼 수 없잖은가!"

"내게 생각이 있네. 거기, 그 낡은 우산 좀 들어 봐. 폈다, 닫았다. 이런 이런, 먼지가 굉장하구면! 우선 그 우산을 빨리 접게. 그 다음엔 펴서 잠깐 그대로 있어. 그러면 짧게 한

번, 길게 한 번 한 셈이지. 자네가 방금 'A' 자를 쓴 거야."

"내가 'A' 자를 썼다고?"

"그리고 이렇게, 길게 한 번, 짧게 세 번하면 'B'를 쓴 거야."

"세상에, 신기하구먼! 자, 어서 가자고!"

우리는 시장이 모는 트랙터에 올라탔다. 물은 여전히 빠지지 않고 있었다. 우리는 커다란 소나무 가지 위로 시장 아들 조르당을 올려 보냈다. 모리스의 빨간 우산을 들려서. 조르당이 거의 15분 동안 가지를 흔들어 대고 나서야 앙투안이 이쪽을 보았다. 곧이어 푸르네 씨도 창가에 모습을 나타냈다. 모리스가 조르당에게 말했다.

"이제 사람들이 널 봤으니, 우산을 한 번은 천천히, 세 번은 빨리 펴라. 그 다음엔 우산을 내리고. 그러고 나서 세 번 천천히, 우산 내리고. 그 다음 한 번 천천히, 한 번 빨리, 우산 내리고. 그 다음, 빠르게 한 번, 그리고 세 번 천천히, 우산 내리고. 그 다음, 세 번 천천히, 우산 내리고. 그 다음 두 번 빨리, 한 번 천천히."

"창가에 서 있던 사람들이 사라졌어요!"

조르당이 소리를 질렀다.

"저런! 모스부호를 모르는구먼. 에이 참. '안녕하세요'를 거의 다 썼는데. 어쨌든, 조르당, 아주 잘했다!"

정말로 그랬다. 조르당은 아주 성실하게 자기가 맡은 일을 했다. 녀석이 마음에 들었다. 그저 축제 동안 폭죽이나 터뜨리고 자전거로 계단을 내려가는 녀석으로만 알고 있었는데, 이번에는 아주 제법이다.

"모스부호를 모르는 게 당연하지. 그 물건은 1차 대전 때나 사용하던 거 아닌가!"

"어, 아니에요. 보세요. 푸르네 씨가 다시 돌아왔어요!"

조르당이 외쳤다.

"푸르네 씨가 뭘 하니?"

"햇빛을 반사시키는데요!"

"모리스, 푸르네 씨가 거울을 갖고서 우리 쪽으로 신호를 보내고 있어! 짧게, 길게."

"모스부호로군! 모스부호야! 우리 진정하자고. 조르당, 신호를 불러 보렴."

"짧게 짧게 짧게, 쉬었다가, 길게 길게 길게, 쉬었다가,

짧게 짧게 짧게. 그리고 끝이에요."

누렇게 바랜 모스부호 책자와 몽당연필을 들고 있던 모리스의 얼굴이 갑자기 창백해졌다.

"무슨 일인가, 모리스?"

"SOS."

"SOS? 그게 뭐죠?"

"푸르네 씨가 구조를 요청하는데. 극도로 위험한 상태로군."

"하지만……."

"잠깐. 계속해 봐, 조르당. 받아 적을 테니까……. **아내 위독 출산.**"

"이런 빌어먹을! 어서 구조대를 불러요!"

시장이 전화기에 대고 고래고래 소리를 질렀다.

"집 주위를 쓸고 내려가는 물살이 너무 세서 접근할 수가 없어요! 아니 우리가 도우러 갈 수 있는데도 산모를 혼자 내버려 둔다고 생각하시오? 즉각 이리로 오세요! 아라몽에서 죽은 사람들은 이미 죽었지 않소. **하지만 여러분이 지금 당장 이리로 오지 않는다면 큰일은 바로 이곳에서 날 거요!**"

나는 심장이 요동을 치기 전에 얼른 알약을 삼켰다.

"곧 도착한다네요. 자, 그만 마을로 돌아갑시다!"

"아니야, 잠깐 기다려요. 용기를 북돋아 줘야지. 조르당, 다시 나무 위로 올라가거라. 모리스, 그저 이렇게 얘기해 주자고. '구조대', '신속', '용기'."

"알았어. 애야, 우산을 들어라. 됐니? 폴루, 푸르네 씨 가족에게 헬리콥터 이야기는 꼭 해 둬야 하지 않을까?"

"그렇군. 자네 말이 맞아."

"짧게 길게 길게 짧게 / 길게 길게 길게 / 길게 길게 / 짧게 길게 길게 짧게 / 짧게 짧게 / 짧게 / 짧게 길게 짧게 / 짧게 짧게 짧게. '구조대'라고 보냈네."

"오래 걸리는군."

"이제 '헬리콥터'라고 보내야지. 조르당, 괜찮지?"

"예."

"짧게 짧게 짧게 짧게 / 짧게 / 짧게 길게 짧게 짧게 / 짧게 짧게 / 길게 짧게 길게 짧게 / 길게 길게 길게."

"알아들었다는 신호를 보내오는군! 집 안으로 들어가는데."

"헬리코까지밖에 말하지 않았는데……."

10분 후에 헬리콥터가 도착했다. 푸르네 씨가 창문에 커다란 푸른색 시트를 걸쳐 놓았고, 구조대가 그것을 보았다. 구조대가 삼베 밧줄을 내려 보냈다. 그 끝에 의사가 매달려 있었다. 의사는 창문을 통해 들어갔다.

오랜 시간이 흘렀다. 나는 알약을 두 번이나 삼켰다. 땀이 났다. 겁이 났다. 모리스 역시 안색이 시퍼렇게 질렸다. 우리가 나이 든 할머니 둘이었더라면 서로 손을 잡았겠지만, 우리는 나이 든 할아버지들이니 그럴 수가 없다. 둘 다 각자 불안에 떨 수밖에. 더 이상 그 누구도 창가에 모습을 나타내지 않으니 우리는 그 안에서 무슨 일이 벌어지고 있는지 알 길이 없었다. 저 안에 있을 내 꼬마 친구 앙투안이 너무도 걱정됐다. 헬리콥터는 집 주위를 돌고 있었다. 그 바람에 무시무시한 소리가 났지만 앙투안은 아무것도 듣지 못할 것이다.

헬리콥터가 다시 지붕 가까이까지 내려갔다. 밧줄 끝에는 커다란 침낭 같은 것을 달고 있었다. 의사와 푸르네 씨가 앙투안의 엄마를 침낭 안에 들어가게 도운 것이다. 침낭이 흙탕물 위로, 집 주위 고지대에 서로 바싹 붙어 서 있는 황소들 위로 올라갔다. 구조대가 침낭을 끌어 올리더니 헬리콥터 안으로 집어넣었고, 그 다음에는 앙투안이 올라갔다. 끝으로 푸르네 씨와 의사가 올라탄 뒤, 커다란 잠자리 같은 헬리콥터는 몽펠리에 방향으로 출발했다. 그러더니 곧 햇빛 속으로 사라졌다.

"자, 이제 갑시다."

시장이 말했다.

"제 집에 가서서 한잔들 합시다. 이제 한시름 놨군요."

한시름 놓다니, 잘도 그러겠수! 뭘 안다고 그런 소리를 하는 거람? 아직 불안이 가시지 않았다. 나는 손가락 하나 발가락 하나 까딱할 수가 없었다. 벙어리가 된 듯 아무 말도 나오지 않았다.

"폴루? 정신 차리게나. 설마 우리 앞에서 그……."

"그 뭐? 심근경색? 아니, 이보게. 헬리콥터가 벌써 한가득 싣고 떠난 것 못 봤나?"

그러고 나서 우리는 웃음을 터뜨렸다.

파리, 1887년 7월 20일

내가 너무 오래 침묵을 지켰지. 용서해 줘. 편지를 보내지 않은 지 넉 달이 지났네. 내가 몹시도 두려워하던 일이 벌어졌거든. 너무나 수치스럽고, 너무나 깊이 절망해서 차마 그 소식을 바로 알리지 못했어.

내가 누나한테 말한 적 있지? 수화를 통한 교육 방식을 금지해 버려서 이제 우리나라 어느 곳에서도 수화로 가르칠 수 없게 됐다고. 이미 수화를 통해 의사를 전달하고 있는 상급반 학생들과 새로 온 학생들을 따로 떼어 놓았어. 청각장애인 교사들도 하나둘씩 해고하더니, 수화에 대해서 아는 게 하나도 없는 정상인 선생들로 모두 갈아 치웠지. 내가 겪어 보니, 이 선생들은 수학에 대해서도 지리에 대해서도 그다지 아는 게 없더군. 나도 이제 더는 학생들을 가르치지 않아. 난 학교 회계를 맡고 있어.

날보고 신입생들과 만나지 말라고 하더군. 마지막 학년의 학생들이 졸업하게 되면, 그 뒤로 수화는 더 이상 용납되지 않게 돼. 정원사도, 요리사도, 두 명의 조교들도 모두 해고당했지. 이 사람들도 모두 청각장애인이라서 신입생들에게 '전염'시킬 수도 있기 때문이라는군. '전염'이라니!

이제는 수화를 사용할 경우 스스로를 부끄러워해야만 한다고 아이들에게 가르치고 있어. 아이들을 감시하려고 침실 문에는 구멍들을 뚫어 놨지. 저학년 어린 학생들은 수화로 이야기를 나누다가 걸리면 벌을 받고 얻어맞아. 교사들은 기를 쓰고 학생들에게 소리를 내도록 시키려 들고, 아이들은 발음 연습 시간 동안 울고, 때로는 토하기까지 해. 아이들에게는 고문이나 다름없거든. 이젠 아이들에게 셈하는 법을 가르치지 않고 숫자를 소리 내어 말하는 법을 가르치고 있어. 생각하는 법을 가르치는 것이 아니라 소리내기를 가르치는 거야. 정상인인 선생들은 아이들이 야만인이고 짐승이라고 말을 해. 어떻게 이럴 수가 있을까? 수화를 사용해서 교육을 할 때에는 우리가 시인도, 기자도, 백과사전 집필자도 될 수 있었는데. 청각장애인들을 모두 바보로 만들려는 건가?

오! 누나. 우리 학교 설립자인 존경하는 레페 신부님이 살아 돌아오신다면 이걸 보고 얼마나 절망에 잠기실까!

하지만 이런 미친 짓이 계속될 거라고는 생각할 수 없어. 모두들 제정신을 차리고 모든 것이 제자리를 찾을 그날을 위해 난 여기 있고 싶어. 이렇게 끔찍한 방식이 도대체 그 누구한테 도움이 되겠어?

나 힘든 얘기만 했군. 뭐라 하지 마, 누나. 이렇게라도 해야 할 것 같아서 그랬어. 내 친구들도 모두 떠났어. 에드가르 드 카위젝은 캉으로 돌아가서 아버지 공장 일을 돕고 있어. 여기는 나 혼자야. 하지만 난 절망하지 않아.

잘 있어, 누나.

—동생 장

2002년 9월 11일

다행스럽게도 푸르네 부인 일이 잘 해결되었다. 헬리콥터를 타고 몽펠리에로 이송된 다음날, 푸르네 씨가 시장 딸에게 메일을 보내어, 앙투안의 동생 멜로디가 태어났으며, 아기의 건강 상태는 좋지만 너무 작아서 병원에 두 달 동안 입원해 있어야 한다고 알려 왔다. 앙투안과 푸르네 씨도 크리스마스 때까지 몽펠리에에 머물 예정이란다. 앙투안이 메일로 황소와 내 소식을 물어 왔다!

시장이 이런 소식을 전해 오자 나는 코를 푸는 척했다. 너무 기뻐서 울음이 터질 것만 같았다!

"시장님, 모리스와 제가 부탁드릴 게 하나 있습니다. 월요일에 배포될 마을 소식지에 한 페이지 추가해서 우리가 목격한 일을 죄다 이야기하고 싶군요. 푸르네 씨 가족을 '그치들'이라 부르며 멀리했던 마을 사람들에게, 마을의 황소를 그 가족이 구해 냈다는 사실을 알릴 수 있게 말입니다!"

"좋지요!"

나는 모리스와 함께 새벽 한 시까지 작업을 했다. 우리는 미치광이들처럼 쓰고, 읽고, 고치고, 또 고쳤다. 우리 둘의 의견이 늘 일치하지는 않았다. 모리스는 우리가 사람들에게 '죄책감'이 들게 하지 않기를 바랐다. 하지만 나는 이렇게 말했다.

"그렇지 않아. 마을 사람들이 푸르네 씨 가족을 홀대했다는 건 누구나 알고 있어. 그러니 이번 한 번은 본때 있게 말을 해 주고, 그 다음에는 그 얘기를 다시 꺼내지 말자고."

우리는 종이를 엄청 버렸다!

"기억나나, 폴루? 쥘리에트에게 보낼 낭만적인 편지들을 내가 대신 쓰게 했던 거?"

"물론 기억하지. 하지만 '시라노 드 베르쥐락'을 읽어 보니 겁이 나더군. 쥘리에트가 사랑하는 것이 내가 아니라 자네가 쓴 편지들이 될까 봐 말이야."

"그런데도 날더러 쓰고 또 쓰라고 했잖은가. 아무리 해도 자네 마음에 들 만큼 충분히 아름다고 충분히 시적이지 않았지!"

"그렇지 않아. 하지만 그 편지들, 쥘리에트에게 보내지 않았다네."

"아니, 뭐야? 이 망할 놈의 영감탱이! 그럼 완전히 헛수고를 한 거로군?"

"자네, 그 일을 하면서 즐겼잖은가?"

모리스는 잠시 생각에 잠겼다. 그러더니 크게 한숨을 내쉬었다.

"나도 '시라노 드 베르쥬락'을 읽었다네……."

우리는 한 장 가득 글을 썼고, 마지막에 우리 이름과 전화번호를 적어 넣었다.

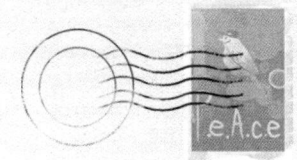

# 1887년 9월 12일

**마리에트 누나**

이런 편지를 써야 한다는 것이 내게는 엄청난 고통이지만 어쩔 수가 없군. 나는 이제 청각장애아 국립 학교의 직원이 아니야. 학교에는 이제 청각장애를 지닌 교사는 한 명도 남아 있지 않아. 8월부터 나는 북부 인쇄소에서 필경사로 일하고 있어. 내 사랑, 나의 파네트마저 교사직에서 쫓겨나지만 않았어도 그렇게 심각하게 느껴지지 않을 텐데. 파네트는 지금 빈곤한 젊은 여성 청각장애인들을 수용하는 시설에 갇혀 있어. 아무도 그녀를 구해 내지 않는다면, 아마 그곳에서 생을 마치게 되겠지. 절대로 그렇게 되도록 그냥 내버려 두지 않겠어. 파네트는 내 옆에서 나와 함께 살아야 할 여자야. 누나 이해하지?

나는 생자크 거리 끝자락에 있는 수용 시설을 찾아가서 새로 부임한 원장과 이야기를 해 보려고 했어. 그 사람은 수화를 모

159

르는데, 내가 칠판에 적는 글마저 끝까지 읽으려고 들지 않더군. 그 사람은 내가 파네트를 다시 볼 일은 없을 거라고, 그래서 파네트는 유혹으로부터 안전한 곳에 있을 수 있고, 조만간 법이 제정되어 귀머거리들의 자녀 생산이 금지될 거라고 칠판에 적더군.

누나, 제발 부탁인데, 누나가 나서서 이 사람들을 좀 움직여 줘. 내가 사랑하는 여자를 더는 볼 수 없다는 생각만 해도, 신이 그녀를 청각장애인으로 만들었다는 이유 하나만으로 그녀가 유폐되어 감옥살이를 해야 한다는 생각만 해도 도저히 견딜 수가 없어. 파네트 없는 삶은 상상도 할 수 없다는 나의 말이 과장이 아니라는 것을 믿어 줘.

내가 정신적으로 무너지고 있다는 걸 숨기지 않겠어. 하지만 파네트와 결혼할 권리를 얻기 위해서 가능한 모든 교섭을 벌이고 있는 중이야. 그 뒤에, 우리는 남부 지방으로 떠날 생각이야. 누나에게 아이들이 아직 없으니 우리 애들 키우는 걸 거들어 줄 거지? 어쩌면 누나가 파리로 올라와서, 날 도와야 하는 것이 아닌가 싶기도 해.

아이들을 가르치고, 아이들 지능을 일깨우는 일을 희망차게

시작했고, 그 길로 계속 나아갈 수 있으리라고 믿었는데. 너무

타격이 커. 절망뿐이야. 누나의 도움이 필요해.

                                        — 누나를 사랑하는 동생 장

2002년 9월 20일

"이봐, 모리스. 푸르네 씨가 어떻게 모스부호를 배우게 됐는지 아는가?"

"아니."

"푸르네 씨가 시장 딸에게 보낸 마지막 메일에서 그 얘기를 했더군. 청각장애아 보이스카우트 캠프에서 배웠다는군."

"그런 게 있다는 것도 몰랐네."

"뭐 말이야?"

"청각장애아 보이스카우트······."

"수많은 것들이 존재하는데 우리가 모르고 있었던 거지."

"어쨌든 목소리가 통하지 않을 때, 멀리 떨어져 있는 사람들끼리 의사소통을 하기에는 모스부호가 나쁘지 않으이."

"대신 성미가 급해서는 안 되지!"


화요일부터 전화벨이 끊이지 않고 울렸다. 마치 병원 응급실에라도 있는 것 같았다!

모두의 요청에 의해, 금요일 시청에서 마을 주민 총회를 열었다. 다 좋았다. 이런 말들을 하는 것만 빼고.

"그래요. 푸르네 씨 가족에게 고마움을 표시하고 좀 더 제대로 맞아들이기 위해서 뭔가를 해야 합니다."

"내년 여름 축제는 푸르네 씨 가족에게 바칩시다."

정말이지 쓸 만한 제안은 하나도 없었다. 그러고들 있는데 자그마한 몸집의 초등학교 여교사가 입술에 자두 빛 립스틱을 바르고, 빨갛게 물들인 머리카락은 곧추 세운 차림으로, 어떤 젊은 남자를 데리고 도착했다. 그러더니 이렇게 말했다.

"여러분, 올리비에 씨를 소개합니다. 올리비에 씨는 카베락에서 살고 있고, 수화를 가르치는 교사입니다. 이분 자신도 귀가 들리지 않아요. 이분께 폴루 할아버지와 모리스 할아버지가 쓰신 글을 보여 드렸죠. 그랬더니 오고 싶다고 하셨어요."

# 1889년 1월 16일

**누나**

사촌들이 누나가 아프다고 알려 왔어. 그래서 무려 두 달 동안이나 편지가 없었구나! 누나가 파리에서 돌아온 뒤로 무척 속상해하고 몸도 약해졌다고 그러더군. 그래, 나도 알아, 누나. 누나가 나를 뒤에서 받쳐 주느라고 파리의 습기와 추위 속에서 보낸 넉 달은 누나에게 끔찍한 형벌이었다는 걸. 누나는 갈래갈래 찢긴 내 삶의 넝마들을 기워 보겠다고 유력자들을 찾아 문마다 노크를 해 댔지만 아무 성과도 거두지 못했지. 하지만 이 참담함 속에서도 누나는 내 유일한 가족이고, 이 세상에서 내게는 가장 소중한 사람이라는 사실을 잊지 마. 누나의 지원을 받으니, 벨 씨 같은 사람이 있음에도 불구하고, 아직도 청각장애인들이 자유로운 존재로 대접받는다는 미국으로 파네트를 빼내어 데리고 갈 수 있을 것만 같아. 누나도 우리랑 같이 가자.

휴가를 받았어. 모레 출발해서 누나를 만나러 갈 거야. 누나가 내 절망을 가라앉히기 위해서 보여 줬던 그만큼의 인내심으로 나도 누나를 돌봐야지.

누나 몸이 좀 좋아지면 우리 같이 비두를르 강가의 작은 숲으로 산책하러 가자. 기다리고 있어. 그리고 고모가 하자는 대로 고모 말을 잘 따라. 이 편지를 부치고 이틀 후면 누나 옆에 있을 거야.

내 사랑을 보내며.

—동생 장

## 2002년 10월 10일

모리스가 시청 고문서 보관실에서 '목매달아 죽은 귀머거리'의 편지들을 찾아냈다. 그 사람 이름은 장 페르였다. 그는 서른하나의 나이에 세상을 떠났다. 절망에 못 이겨……. 난 그 편지들을 읽었고, 지금은 아주 천천히 다시 읽고 있다. 난 이 편지 때문에 너무나 큰 충격을 받았다. 요즘 세상이 비뚜로 가고 있다는 생각을 종종 하긴 하지만, 그래도 어떤 것들은 더 나아졌다고 믿고 싶다.

우리는 푸르네 씨 가족에게서 정기적으로 소식을 받는다. 인터넷이라는 거, 그거 정말이지 기차게 좋다! 나는 신세대 할머니인 소피 집에 가서 내게 온 메일들을 읽고 답장을 쓴

다. 아주 흡족하다! 소피는 인터넷을 이용하여 세계 각지에 흩어져 있는 손자, 손녀와 편지를 주고받는다. 심지어 다카르에 있는 손녀가 숙제하는 것을 돕기까지 한다!

나는 푸르네 씨에게 황소들 소식을 전하고, 푸르네 씨는 내게 아이들 소식을 알려 준다. 갓난쟁이 멜로디는 쑥쑥 자라고 있다! 벌써 2킬로하고도 5백 그램이 더 나간다. 앙투안은 학교에서 공부를 아주 잘한단다. 어제는 컴퓨터 화면으로 앙투안의 그림을 봤다. 사선을 긋는 빗줄기를 맞고 있는 황소는 마치 창살 뒤에 갇힌 것 같았다. 하지만 난 종이에 그린 그림이 더 좋다.

난 미셸 푸르네에게 대체 어디서 조명탄 다루는 법을 배웠는지, 그리고 조명탄은 어디서 찾아냈는지 물어 봤다. 미셸은 자기 아버지가 전문 기술자였고, 자신도 불꽃놀이를 무척 좋아한다고, 그가 황소들 위로 쏘아 올렸던 조명탄은 저녁나절에 배를 타고 비두를르 강으로 나가 쏘아 올리려고 했던 거라고 대답했다. 거 참 좋은 생각이다. 봄이 되면 한번 보여 줘야 할 게야. 적어도 강물 위에서라면 화재 위험은 없으니까! 맞은편 선술집에서 사람들이 불꽃놀이를 구경하는 모습을 상상해 본다. 거, 근사하군!


올리비에는 일주일에 두 번 아침나절에 학교에 와서 아이들에게 수화를 가르치고, 역시 일주일에 두 번 저녁나절에는 어른들을 위해 마을 회관으로 온다. 수화를 배우려는 사람들이 너무 많아서 두 그룹으로 나눠야 했다. 처음에는 얼마나 어렵고 우습던지! 내게 제일 힘들었던 것은 올리비에의 손짓을 넋을 놓고 바라보기만 하는 게 아니라, 그 동작들을 이해하고 기억해야 한다는 거였다. 하지만 차츰차츰 손짓, 몸짓, 그 모든 것이 익숙하게 느껴졌다. 사람들은 크리스마스에 뭔가를, 그러니까 일종의 공연을 하고 싶어 한다. 그러니 기를 쓰고 배워야 한다!

올리비에를 소개해 준 교사 카티아와 함께 우리는 푸르네 씨 가족에게 메일을 띄웠다.

"만약 멜로디만 괜찮다면 마을 크리스마스 축제에 여러분이 와 주신다면 더없는 영광이겠습니다."

우리는 수화 통역사 로랑스에게 연락을 했고, 로랑스는 기꺼이 오겠다고 했다.

"이러고저러고간에, 그 집 부모 배짱 한번 대단해요. 아
기 이름을 멜로디라고 짓다니!"

카티아가 웃으면서 말했다.

나 역시 웃었다. 멜로디, 멜로디. 그 아기는 어떻게 생겼
을까?

2002년 12월 6일

좀 더 빠르게 수화를 익히기 위해서 우리는 화요일에는 우리끼리 복습을 하고, 금요일에는 올리비에와 함께 수업을 한다. 올리비에가 마을 회관에 비디오를 설치해 놓았는데, 그게 상당히 도움이 된다. 원할 때 언제든지 가서 볼 수 있다. 텔레비전을 바라보면서 손짓 몸짓을 따라하는 데 여념이 없는 사람들을 보고 있으면 여간 우습지 않다. 그건 마치 체조 같지만 적어도 쓸모가 있는 일이다!

요즘은 올리비에와의 수업 시간에, 사람들이 오랜 시간 동안 입을 열지 않고 수화로만 말을 한다. 그런 침묵은 정말로 특별하다. 말로 가득 찬 침묵이니까.

내게 가장 어려운 것은 올리비에가 우리를 마주 보고 보여 주는 동작들을 따라 하는 것이다. 나는 오른손과 왼손이 헷갈리지 않게 올리비에 옆에 가서 서고 싶은 생각이 굴뚝같다. 나는 종종 뒤죽박죽 혼동을 일으킨다. 아기의 머리통을 생각나게 하는 꼭 쥔 주먹을 왼손 밑으로 통과시키면 '탄생'이라는 의미가 되는데, 나는 이 손말이 제일 좋다. 우리는 안 그래도 '아기'라는 말을 배우면서 무척 웃어 댔다. 우리 마을 도서관 사서인 잔이 주먹을 딸랑이처럼 흔들어 대자 올리비에가 웃으면서 지금 잔이 그 가여운 아기를 괴롭히고 있는 중이라고 설명했기 때문이다. 다정한 말을 하려는 거라면 동작도 다정해야 하는 것이다. 얼굴 표정 또한 굉장히 중요하다. 만약 웃음기 없는 얼굴로 "안녕하세요." 라는 수화를 한다면 상대방은 불안해할 것이다. 우리야 상대방 목소리의 억양을 듣고 그 사람이 진지한지, 뭔가 감추는 것이 있는지 파악하지만, 청각장애인들은 그러한 것을 상대방 얼굴에서 읽어 내기 때문이다.

우리는 수업 시간에 금방 녹초가 되었다. 하지만 올리비에는 유능한 교사다. 유머 감각이 있고, '요리하다' 같은 간단한 수화는 사람들이 스스로 짐작하도록 이끈다. 내가 수화를 사용하여 처음 만든 문장은 "청각장애인들은 운전을 하면서 활발하게 의견을 교환한다."이다.

나는 우편엽서들을 꽂아 놓은 회전 진열대 뒤에서 남자아이 둘이 수화로 대화를 나누면서 숨이 넘어가게 낄낄거리는 모습을 보았다. 수화를 이용하여 뭔가 덜떨어진 소리들을 하는 모양이군! 그걸 보고 있자니 문득 어떤 생각이 떠오른다.

모리스의 수화는 못 봐 줄 지경이다. 장작개비처럼 뻣뻣해가지고는 동작들을 암기하는 데 애를 먹고 있다. 그 주제에 금요일 저녁에 수업이 끝나면 올리비에를 독차지하고는, '폭풍우', '분노', '세심한 배려'를 어떻게 수화로 말하느냐고, 심지어 '심근경색'을 어떻게 수화로 말하느냐고 물어대며 잘난 척을 한다! 모리스는 수화로 표현하지 못할 말을 찾아내느라고 혈안이 되어 있다. 하지만 심지어 '듣다', '소음'까지도 수화로 표현된다. 모리스 녀석, 별의별 생각을 다 해 낸단 말이야!

172

난 그다지 건강이 좋지 않은 모리스와 소피 마르망드를 이끌고 기습 작전을 펴러 빵집으로 갔다. 그러니까 수화 훈련을 하러 간 것이다. 우리는 입을 열지 않았고 수화만으로 빵과 작은 파이들을 주문했다. 모리스 말마따나 '비고상한' 빵집 여자는 얼이 빠진 모양이었다. 빵집 벽에는 이전 주인이 그린 근사한 카마르그의 황소 그림들이 붙어 있다. 그래서 우리는 그 그림들을 가리키면서 수화로 황소들을 묘사하기 시작했다.

소피가 수화로 말했다.

"저 마녀 얼굴 좀 보라고."

수화로 '마녀'라고 말하려면 끝이 구부러진 매부리코 모

양을 만들고 냄비 속을 휘젓는 시늉을 해야 한다. 빵집 여
자가 어안이 벙벙한 표정으로 우리를 바라보고 있는데, 우
리는 우스워서 죽는 줄 알았다!

푸르네 씨 가족은 크리스마스에 오지 못하고 새해에 왔다.

내 생각에, 이런 축제는 내 결혼식 이래로 본 적이 없었던 것 같다! 아이들이 마을 회관을 그림으로 장식해서 사방이 홍수, 황소, 헬리콥터로 넘쳐흘렀다. 회관에는 할머니들이 하얀 식탁보를 씌우고 크리스마스트리 장식용 작은 공들과 송악으로 장식한 커다란 테이블들이 놓여 있었다. 얼마나 아름답던지!

푸르네 씨 가족이 도착할 때까지 사람들은 모두 긴장과 불안에 시달렸다. 모든 사람들이 수화 연습에 몰두하여 소리를 질러 댔다.

"이봐, 실비, 이것 좀 봐. '기쁘다'라는 말 이렇게 하는 것 맞지? 그리고 '케이크'를 어떻게 하더라?"

사람들은 저마다 흥분해서 웃어 댔고, 어린아이들은 커튼 뒤에서 발을 굴러 댔다.

로랑스는 일찌감치 도착했다. 로랑스와 올리비에는 한 구석에서 눈부신 속도의 수화로 이야기를 나누고 있었다. 어린아이들은 두 사람의 재빠른 손놀림과 시시각각 변하는 얼굴 표정을 홀린 듯 쳐다보고 있었다. 소피 마르망드가 지나가면서 말했다.

"에구! 저 정도까지 하려면 갈 길이 멀겠구나!"

갑자기 미레이가 소리를 질렀다.

"지금 저기 와요!"

나는 얼른 알약을 하나 삼켰다. 축제를 놓치고 싶은 생각은 전혀 없었으니까. 저기 오는군. 온 식구가 추위에 얼어붙은 채로 커다란 유모차를 앞세우고 온다. 그러자 사람들이 이불에 푹 싸인 갓난아이를 구경하겠다고 죄다 급하게 몰려가서는, 준비했던 문장을 앞다퉈 수화로 말하기 시작했다. 뒤죽박죽 난장판이 따로 없다!

"잘 오셨어요." "새로 태어난 아이의 행복을 진심으로 기원합니다." "새해 복 많이 받으세요." "여러분 걱정을 많이 했습니다." "황소들을 구해 주셔서 정말 고마워요."

아, 이 말, '황소'라는 말은 모두 다 할 줄 안다! 사람들은 저마다 준비해 둔 말을 잊어버리기 전에 수화로 표현하려고 들어서, 여기저기서 "고맙습니다.", "자리에 앉으세요.", "정말 기뻐요."를 수화로 표현하느라고 분주하다. 커튼 뒤에서는 아이들이 소리를 질렀다.

"우리는요? 우리는요? 모두들 자리에 앉으세요. 우리 공연을 시작하게요!"

푸르네 씨 가족은 완전히 얼이 빠져 버렸다. 너무 놀란 모양이다. 푸르네 부인은 거의 겁에 질린 표정이었다. 대답할 생각을 제일 먼저 한 것은 앙투안이었다. 앙투안이 수화를 하기 시작했다. 내가 이해한 말은 "안녕하세요.", "행복한", "아가", "헬리콥터"라는 단어들이다. 앙투안의 팔랑거리는 손동작 앞에서 우리 모두가 얼간이 같은 표정을 지었기 때문에 로랑스가 통역을 해 줬다.

앙투안이 나를 보자 한쪽 눈을 살짝 감아 보였다. 그러곤 내게 다가오더니 내 볼에 입을 맞췄다. 앙투안은 놀라고 흥분된 모습이었지만 이런 상황을 당연하게 여기는 것 같았다. 바로 그런 게 아이들이지. 아이들은 눈 깜짝할 사이에 적응을 한다. 앙투안은 눈썹을 찌푸리고 턱을 문지르면서 나를 쳐다봤다. 나는 앙투안이 모리스의 안부를 묻는다는 사실을 깨달았다. 나는 '아프다'라는 수화를 했다. 안타깝게도 모리스는 병이 나서 침대에서 나올 형편이 아니다. 바로 그 때문에 내게 이번 축제는 아름다운 동시에 서글프다. 나는 모리스라는 친구를 잘 안다. 그 얼간이 같은 인간은 내가 심근경색으로 목숨을 잃고 나면 혼자 남은 자신이 겪어야 할 고통이 너무나 두려워서, 나보다 먼저 죽으려고 기를 쓰고 있는 것이다. 그렇다 해도 놀랄 일은 아니지!

나는 약간 현기증이 일었다. 사람들이 푸르네 씨 가족 앞에서 분주하게 움직였고, 푸르네 씨 가족이 자신들의 수화를 이해하지 못했을까 봐 걱정이 되어 자꾸 되풀이했다. 어떤 사람들은 소리를 질러 대고 있었다. 갑자기 불이 꺼졌다가 다시 켜졌고, 또 다시 불이 꺼졌다. 침묵이 흘렀다. 로랑스가 웃었다.

"우리 청각장애인들에게는 아주 고전적인 수법이지요. 흩어진 사람들의 관심을 모으고 싶을 때 우리는 불을 꺼요."

올리비에가 다시 불을 켰고, 푸르네 씨 가족에게 공연 관람을 위해 자리를 잡고 앉아 달라고 부탁했다. 커튼이 올라갔다. 무대에 나온 아이들은 수화로 간단한 대화를 나누는 것을 보여 주었다.

"잘 지내세요?"

"잘 지냅니다."

"잠을 잘 못 잤어요."

"자동차로 출발하려고 합니다."

"치과에 가는 길이에요."

동물로 분장한 열 명의 어린아이들이 무대로 나왔고, 다른 아이들은 춤을 추면서 수화를 했다.

"암탉, 고양이, 코끼리, 캥거루, 새, 개구리."

푸르네 부인은 아기를 품에 안았고, 우리는 다 함께 이 침묵의 발레를 지켜보았다. 앙투안은 아빠 옆에 바싹 붙어 앉아서 꿈꾸는 듯한 얼굴로 지켜보고 있었다. 공연이 끝나자 아이들이 앙투안에게 무대 위로 올라와 달라고 청했다.

앙투안은 아이들과 함께 수화를 했다.

"여러분 모두에게 행복한 새해가 되기를!"

저 끝에서 로랑스가 큰 소리로 통역을 해 주었다. 마지막으로, 올리비에의 동작을 따라서 거의 동시에 모든 사람들이 이렇게 수화를 했다.

"황소를 구해 준 푸르네 씨 가족 모두에게 감사를 드립니다."

모두가 테이블에 자리 잡았다. 시장과 목장 주인의 모습도 보였고, 올리비에가 가르치는 어린이들도 많이 왔다. 식사가 시작되었다. 황소 클럽, 시청, 그리고 환경 단체가 제공하는 식사였다. 음, 아주 훌륭하군!

내가 일어나 푸르네 씨 가족 앞에서 수화를 해야 할 차례였다. 그런데 그만 너무 감정이 북받쳐서 수화를 잊어 버리고 말았다. 로랑스가 도우러 달려왔지만 나는 그냥 큰 목소리로, 이제 나는 더 이상 사용하지 않는, 목동들이 사용하는 황소 뿔 모양의 삼지창을 앙투안에게 주노라고 선언했다. 앙투안이 와서 내 볼에 입을 맞추고 교황이나 된 듯 으스대며 삼지창을 받았다.

전채 요리를 먹고 있는 동안, 검은 벨벳 윗도리에 검은 모자를 쓰고 십자가를 걸친 목동들이 입장했다. 이들은 제각각 전통적인 방식으로 머리를 빗어 올리고, 비단 드레스를 입고, 레이스 삼각보를 쓴 젊은 아를르 처녀들의 손을 잡고 있었다. 그리고 이들 뒤에서 걸어오는 것은 무엇이었겠는가? 늘 그렇듯이 정결하고 침착한 자노의 말, 미뉘스였다.

자노가 무대로 올라갔고, 로랑스가 그 뒤를 따랐다. 자노가 입을 열었다.

"미뉘스는 훌륭한 말입니다. 미뉘스와 제가 함께 경기에 내보낼 황소를 고르는 일을 한 지 7년이 됐습니다. 미뉘스는 열두 살이죠. 하지만 저는 몸무게가 불었답니다(사람들이 죄다 웃음을 터뜨렸다). 그래서 황소 고르는 일을 함께할, 좀 더 덩치가 큰 말을 샀습니다. 그리고 미뉘스는 연말에 황소 클럽에서 주관하는 로토에 경품으로 내놓으려고 했어요. 하지만 생각해 보니…… 그러니까 푸르네 씨 가족이 미뉘스를 가질 자격이 충분하다는 생각이 들었습니다. 할 수 없죠! 이번 로토 경품은 돼지고기 절임으로 만족들 하셔야겠습니다!"

그러더니 장중한 태도로 푸르네 씨 가족을 향해 돌아서

서 말을 이었다. 로랑스가 계속 통역을 해 줬다.

"여러분이 우리 고장 가축의 목숨을 구하기 위해서 위험을 무릅썼다는 사실을 여기 모인 우리들 모두가 알고 있습니다. 우리는 여러분 걱정을 했고, 푸르네 부인과 어린 멜로디에게 무슨 일이 있을까 봐 걱정을 했습니다. 여러분에게 어떻게 감사를 드려야 할지요? 우리 고장의 황소 떼가 사라졌더라면, 우리의 전통이, 우리 고장의 기쁨이 사라져 버렸겠죠. 우리는 절대로 잊지 못할 겁니다. 저희 목동들 모두는 여러분께 진심으로 감사드립니다."

목동들이 전부 다 같이 삼지창을 들어 올렸다. 젊은 아가씨들은 가볍게 경례를 하였다. 모두들 손을 입으로 가져갔다가 옆으로 뺐다. 회관에 모인 사람들 전체에게 봉헌을 하듯이, "고맙습니다."를 수화로 한 것이다.

앙투안이 아버지의 소맷자락을 끌어당기더니 수화를 하는 것이 보였다. 앙투안이 무슨 말을 하고 있지? 앙투안은 미뉘스가 오는 것을 본 순간부터 로랑스의 통역에 더는 주의를 기울이지 않았던 것이다. 그래서 자노가 무슨 말을 했는지 이해하지 못하고 묻는 중이었다.

"왜 말이 저기 와 있어요? 쟤도 축제에 초대받았나요?"

아버지가 대답했다.

"그 말은 네 거다. 선물이란다."

나는 수화를 이해할 수 있었다. 그리고 앙투안이 얼굴이 빨개지더니 테이블 밑으로 기어들어 가는 것을 보았다. 나는 살그머니 식탁보를 들췄다. 앙투안은 땅바닥에 쭈그리고 앉아서 두 손에 얼굴을 묻고 있었다. 아이의 호흡이 가빴다. 아이는 거기 잠시 그러고 있더니, 다시 테이블 밖으로 기어 나가서 말이 있는 곳으로 갔다. 앙투안은 미뉘스에게 두 눈을 고정시킨 채로, 두 팔을 벌리고 말을 향해 나아갔다. 가없는 초원에 말과 앙투안, 단 둘만 있는 것 같았다. 그 둘 주위에 있는 50명 남짓의 사람들은 존재하지 않는 것만 같았다.

크리스틴 푸르네는 이제 긴장이 풀려서, 예복을 차려 입고 손에 모자를 들고서 무대 앞에 줄줄이 서 있는 목동들을 향해 샴페인 잔을 들어 올렸다. 크리스틴은 멜로디를 품에 안은 채로 일어났고, 사람들의 도움을 받아 무대에 올랐다. 자노가 아기를 받아 안았고, 크리스틴이 미소를 띤 채 수화를 하기 시작했다. 로랑스가 통역했다.

"여러분, 이 모든 일, 정말 감사드립니다. 얼마나 기쁜지 모르겠어요. 정말로 기뻐요! 여러분이 수화하는 것을 보니 모두 재능을 타고 나셨네요. 여러분에게 수화를 가르쳐 주신 올리비에 씨에게 정말 감사드려요! 여기 도착해서 사람들이 수화를 하고 있는 것을 보면서 제가 꿈을 꾸고 있다고 생각했죠. 남편과 저는 가끔씩 건청인과 청각장애인이 서로 열띤 대화를 나누는 이상적인 세계를 그려 본답니다. 그런데 그게, 그 세계가 존재하네요! 바로 우리 마을입니다!"

모든 사람들이 박수를 쳐서 감동을 전했다. 올리비에와 미셸 푸르네는 두 손을 머리 위에서 흔들며, 청각장애인들의 방식으로 박수를 쳤다. 크리스틴은 아주 침착하게 박수가 끝나기를 기다렸다.

"이제 여러분들께 조금만 덜 시끄럽게 해 주십사고 부탁드립니다. 우리 아기 멜로디가 잠에서 깰지도 몰라서요."

모든 사람들이 깜짝 놀랐다. 멜로디가 청각장애를 안고 태어났는지 아닌지 물어볼 생각조차 하지 않았으니까! 크리스틴 푸르네가 계속 수화를 이어 갔고, 로랑스가 통역을 했다.

"우리 딸아이에게는 청각장애가 없습니다. 그 점이 우리에게는 어려움으로 작용하겠지요. 하지만 이제 더는 걱정이 되지 않네요. 멜로디는 수화의 챔피언이 될 겁니다. 그리고 멜로디에게 입말을 가르쳐 주는 일에 있어서는 여러분의 도움을 기대해도 되겠죠?"

모두 벌떡 일어서서 박수를 치며 "그럼요, 그럼요!" 하고 외치며 테이블을 두드렸다. 아니나 다를까, 멜로디가 "응애, 응애." 하고 울기 시작한다!

# 함께 노력하며 살아가는
# 통합사회를 향한 메시지

**김도현** 전국장애인차별철폐연대 정책실장

1

자넌 태송의 소설 《수화가 꽃피는 마을》은 프랑스 비두를르 강가의 한 작은 마을에 청각장애인인 푸르네 씨 가족이 이사를 온 후 벌어지는 이야기를 화자인 폴루 할아버지의 입을 통해 들려줍니다. 그러는 동시에 1800년대 후반기를 살아가고 있는 청각장애인 장의 편지 글을 교차시키고 있습니다. 그리고 소설 후반부에 가면 그 마을의 숲에 '목매달아 죽은 귀머거리의 나무'라 불렸던 떡갈나무가 있다는 사실을, 또한 그 '목매달아 죽은 귀머거리'가 바로 서른하나의 나이에 비극적으로 삶을 마감해야 했던 장 페르임을 비로소 알려 줍니다.

백 년 이상의 시간 차이를 두고 같은 공간에서 벌어졌던 그 비극적인 역사는, 푸르네 씨 가족과 마을 사람들 간의 화합이 갖는 의미를 극적으로 배가시키며 동시에 독자들을 성찰하도록 이끕니다. '그 마을 사람들은 왜 그런 비극적인 역사를 기억하고 현재화하지 못한 채, 과거 속에 그저 묻어 놓기만 했을까?' '폭우와 홍수 속에서 푸르네 씨 가족이 보여 준 헌신적인 행동이 없었다면, 그들이 한 공동체의 구성원으로 받아들여지는 데에는 또 얼마나 많은 시간이 필요했을까?' '그렇다면 지금 우리 사회는 과연 어떤 모습이라고 말할 수 있을까?'와 같은 것들에 대해서 말입니다.

## 2

이 소설을 좀 더 잘 이해하기 위해서는 편지 글에서 간간히 언급되고 있는, 장 페르가 살다 갔던 1860년대 후반에서 1880년대 후반까지의 시기에 대한 역사적 배경을 이해할 필요가 있습니다. 장 페르가 다녔던 생자크 청각장애아 국립학교는 프랑스인 레페(Charles-Michel de L'Épée)에 의해 1760년에 설립된 세계 최초의 농학교였습니다.

레페는 프랑스 문법식 수화를 만들어 수화를 체계화했고,

이를 바탕으로 수화법에 기반을 둔 농교육을 프랑스에서 발전시켰죠. 그러나 독일에서는 1778년 하이니케(Samuel Heinicke)의 책임 아래 구화(口話)를 사용하는 공립 농학교가 설립된 이후, 구화법에 기반을 둔 농교육이 발전했습니다.

한편, 미국에서는 1817년에 갈로뎃(Thomas Hopkins Gallaudet)에 의해 최초의 농학교가 설립된 이후 수화법에 기반을 둔 농교육이 주류를 이루었지만, 1876년에 허바드(Gardiner Green Hubbard)가 구화법에 기반을 둔 클라크 구화학교(Clark Oral School for the Deaf)를 설립하면서 새로운 흐름을 형성합니다. 특히 클라크 구화학교에는 알렉산더 벨이 교사로 있었는데, 전화의 발명으로 유명해진 벨은 농교육에 있어서도 강력한 발언력과 영향력을 행사하게 됩니다.

벨은 '통합 교육'의 주창자였지만, 또한 강력한 우생학 지지자였습니다. 그는 한 명 이상 농인이 있는 집안의 경우 그 집안들끼리 결혼하는 것을 금지하는 포괄적인 결혼금지법이 필요하다고 주장했지만, 그것이 비현실적이라는 것 또한 알고 있었습니다. 즉, 그가 통합 교육을 주장한 것은 그것이 농인들 간의 교제와 결혼을 막고 농인이 태어나는 것을 줄일 수 있는 가장 확실한 방법이라고 믿었기 때문이었죠.

세계적으로 수화법과 구화법을 둘러싼 논쟁이 확산해 가는 가운데, 1880년 이탈리아 밀라노에서 열린 국제농교육자회의에서는 구화법을 보편적인 교육방법으로 채택합니다. 즉, "구화와 수화의 동시 사용은 말하기, 읽기, 그리고 사고의 정확성을 기하는 데 방해가 되므로 순수한 구화법이 채택되어야 한다."고 결의한 것입니다. 밀라노 회의 폐막 구호인 "구화여 영원하라(Long Live Speech)."라는 외침은 바로 전 세계 농교육계에 퍼져 나갑니다. 이렇게 구화 교육이 권위를 갖고 일반화되자 대부분의 농학교에서 수화 사용은 금지되었고, 농학교의 교사들 역시 구화가 가능한 건청인들로 채워져 갔습니다. 이것이 바로 장 페르가 겪어야 했던 고통과 비극의 역사적 배경인 것입니다.

3

사실 이 소설의 맨 앞부분에 나오는 몇 개의 문장은 너무나 함축적이고 강렬해서 저는 작은 전율을 느꼈습니다.

우리는 통상 농인들이 '말을 하지 못한다'고 생각합니다. 그러나 "(농인인) 아이 아버지가 먼저 '말을 하기' 시작했다." (p.10) 그런 말, 즉 수화를 하는 "그들에게 내 목소리는 아무런 쓸모가 없었다."(p.11) "'지금 여기서는 누가 장애인이지?

바로 나로군!' 나는 내가 정상이 아닌 것처럼 느껴졌다."(p.11)
"중증의 청각장애를 지닌 사람들 중에서 소리 내어 말할 수
있게 되는 경우는 거의 없다고 했다. 아니 그렇다면, 내 쪽에
서 그들의 언어를 배우면 되지 않았을까?"(p.11~12)와 같은
문장에서 보이는 폴루 할아버지의 직관적인 깨달음과 성찰은
저자가 전달하고자 했던 메시지를 거의 압축적으로 드러내고
있다고 볼 수 있습니다.

우리가 장애(영어로 disability, 말뜻 그대로 하자면 무능력)를 어
떤 개인이 지니고 있는 '손상 자체'가 아니라 '무언가를 할
수 없는 상태'로 이해한다면, 농인들은 주변의 환경에 따라
'장애인'이 될 수도 있고 아닐 수도 있습니다. 즉 청각 '장애
인'이란 말 자체가 비장애인 · 건청인 중심적인 사고에서 나
온 일방적인 용어일 수도 있다는 겁니다. 손상은 손상일 뿐이
죠. 특정한 관계 속에서 손상은 장애가 됩니다. 그리고 장애
인은 장애인이기 때문에 차별받는 것이 아니라, 차별받기 때
문에 장애인이 됩니다.

그러므로 장 페르는 이렇게 말합니다. "제가 그 아이들과
더불어 특별한 민족의 일부라는 사실을 깨달았어요. 바로 수
화를 언어로 사용하는 민족이지요."(p.73) 그리고 건청인 학교
를 다녔던 푸르네 부인은 말합니다. "수년간, 방과 후에 개인

190

교사와 발음 교정사의 도움을 받아 가며 공부를 했답니다. 그런 걸 통합 교육이라고들 하지요. 하지만 통합되려는 노력을 하는 것은 저 혼자였고 다른 학생들은 저를 밀어냈어요. 저는 혼자였어요, 혼자! 하지만 저는 제게 장애가 있다고 느끼지 않았죠."(p.91)

언어는 하나의 문화이며, 문화는 삶의 양식입니다. 두 개의 문화와 삶의 양식을 진정으로 통합하고자 한다면, 이는 일방주의가 아닌 상호주의를 전제로 해야 합니다. 그렇지 않을 때 이는 통합이라기보다는 흡수일 뿐이며, '수화를 사용하는 민족'에 대한 식민주의에 다름 아닌 것입니다. 바로 이러한 사실을 우리가 알아야만 한다는 것을, 이 책은 19세기의 청각장애인의 편지와 21세기의 청각장애인 가족을 둘러싼 마을의 이야기를 통해 낮고 절절한 목소리로 들려줍니다.

# 수화가 꽃피는 마을

ⓒ 자닌 테송, 2010

지은이 | 자닌 테송   옮긴이 | 정혜용
펴낸이 | 곽미순   기획 | 전광철   디자인 | 강이경

펴낸곳 | ㈜도서출판 한울림   기획 | 이미혜   편집 | 윤도경 윤소라 이은파 박미화 김주연
디자인 | 김민서 이순영   마케팅 | 공태훈 윤재영   제작·관리 | 김영석
등록 | 2008년 2월 13일(제2008-000016)
주소 | 서울특별시 마포구 희우정로16길 21
대표전화 | 02-2635-1400   팩스 | 02-2635-1415
홈페이지 | www.inbumo.com   블로그 | blog.naver.com/hanulimkids
페이스북 | www.facebook.com/hanulim   인스타그램 | www.instagram.com/hanulimkids

첫판  1쇄 펴낸날   2010년 4월 5일
      11쇄 펴낸날   2021년 11월 26일

ISBN 978-89-93143-20-1 42860